아프가니스탄의
눈물

❸ 진흙도시
Mud City

아프가니스탄의 **눈물**
❸ 진흙도시

첫판 1쇄| 2008년 3월 20일
첫판 4쇄| 2012년 05월 15일
지은이| 데보라 엘리스
옮긴이| 권혁정
펴낸이| 엄민영
펴낸곳| 나무처럼

주소| 121-894 서울시 마포구 서교동 377-13 성은빌딩 102호
전화| 02)337-7253
팩스| 02)337-7230
E-mail|namubooks@naver.com

ISBN|978-89-92877-06-0 44840
      978-89-92877-03-9 44840(전3권)

© 나무처럼 2008

* 잘못된 책은 바꿔드립니다.
* 책값은 뒤표지에 있습니다.

국립중앙도서관 출판시도서목록(CIP)

아프가니스탄의 눈물 3, 진흙도시 / 데보라 엘리스 지음
; 권혁정 옮김 — 서울 : 나무처럼, 2008
p. : cm

원표제 : Mud City
원저자명 : Deborah Ellis
영어 원작을 한국어로 번역
ISBN 978-89-92877-06-0 44840 : ₩9,000
ISBN 978-89-92877-03-9(세트)

843-KDC4   CIP2008000719

아프가니스탄의 눈물

❸ 진흙도시
Mud City

데보라 엘리스 지음
권혁정 옮김

나무처럼

차례

3권
진흙도시
Mud City

1
늑대 이야기

 "위이라 아줌마는 언제 돌아오신다고 했어요?"

슈아우지아가 하도 이 말을 물어보자 여자는 이제 대꾸도 하지 않고 단지 팔을 올려 문을 가리켰다.

"알았어요. 갈게요. 그렇지만 멀리 가진 않을 거예요. 아줌마가 올 때까지 문간에 앉아 있을 거라고요."

슈아우지아가 말했다.

여자는 아랑곳하지 않고 임시로 만들어 놓은 테이블에서 하던 일에 몰두했다. 이곳은 피난민 캠프의 일부로 미망인과 그의 아이들을 위한 수용소일 뿐만 아니라, 아프가니스탄과 파키스탄의 국경을 관리하는 비밀여성단체 사무실이기도 하다. 탈레반은 이 국경에서도 여전히 권력을 떨치고 있었다. 위이라 아줌마의 조직은 학교와 병원, 그리고 잡지사를 비밀리에 운영하고 있다.

슈아우지아는 시선을 끌고 싶어 흙바닥에 서류뭉치를 걷어차고 싶은 마음이 굴뚝같았으나 꾹 참고 그냥 문밖으로 나가버렸다. 대신에 문가에 털썩하고 주저앉아 벽에다 등을 쿵하고 부딪쳤다.

슈아우지아의 강아지인 제스퍼는 항상 오두막에서 가장 좋은 그늘을 차지하고 있다. 제스퍼는 불러도 머리를 살짝만 들어 아주 잠깐 아는 체 할 뿐, 더워서 그런지 아무런 반응을 보이지 않고 늘어져 있다.

난민촌의 거리와 담장은 모두 진흙으로 만들어졌다. 진흙담장은 빵 굽는 오븐처럼 열을 다 흡수하고, 슈아우지아마저도 빨아들일 것 같았다. 파리가 끊임없이 슈아우지아의 얼굴과 손 그리고 발목 위에 앉았다. 근처에서는 미친 여자가 몸을 흔들어 대면서 흐느끼고 있다.

"우리가 목장에 있었을 때를 기억해 봐. 공기가 얼마나 시원하고 깨끗했는지 기억나지? 미친 여자 울음소리가 아니라 진짜 새 울음소리를 들었잖아."

슈아우지아가 제스퍼에게 말했다. 그녀는 땀 때문에 목 뒤에 딱 달라붙어 있는 머리카락을 들어 올리려고 차도르 속으로 손을 넣었다.

"목동들과 함께 있었어야 했는데."

슈아우지아는 파리를 쫓으려 차도르를 쓴 머리와 어깨를 흔들어댔다.

"머리카락을 기르지 말고 남자처럼 짧게 잘랐어야 했는데. 위이라 아줌마 때문이야. 아줌마가 바보 같은 생각을 했어. 심지어 제대로 된 신발도 갖지 못하게 했어. 이것 좀 봐!"

슈아우지아는 신발을 벗어 눈을 감고 있는 제스퍼에게 보여줬다. 신발은 여기저기 기워진 채 겨우 모양만을 갖추고 있다.

슈아우지아는 신발을 도로 신었다.

"너를 이런 더위 속에 두는 건 옳지 않아. 너는 양치기 개니까 양떼가 있는 산으로 돌아가야 해. 아니면 사방에 바닷바람이 부는 커다란 배 갑판으로 나와 함께 가던가."

슈아우지아가 말했다.

그녀는 정말로 바다에 바람이 부는지 아닌지 확신할 수 없지만 아마 그럴 거로 추측했다. 어쨌든 파도는 있을 테니까.

"미안해 제스퍼. 널 여기로 데려와서. 난 이곳이 막다른 골목이 아니고 네게 더 나은 장소라고 생각했어. 날 용서해줘."

순간 제스퍼는 눈을 뜨고 귀를 쫑긋거리더니 이내 다시 낮잠을 잤다. 슈아우지아는 그 행동을 자신을 용서해준다는 뜻으로 받아들였다.

제스퍼의 원래 주인은 목동이었지만 슈아우지아는 이 개와 만나자마자 운명적으로 자신과 함께 해야 한다고 느꼈다.

슈아우지아는 벽에 기대어 눈을 감았다. 산들바람이 얼마나 시원한가를 느끼고 싶었다. 그런 생각을 하다보면 정말 시원해 질지도 모를 일이다.

"슈아우지아, 얘기해줘!"

슈아우지아는 계속해서 눈을 감고 있었다.

"저리로 가."

슈아우지아는 수용소 아이들과 놀고 싶지 않았다.

"늑대 얘기해줘."

그녀는 한쪽 눈을 뜨고, 앞에 있는 아이들을 노려보았다.

"가라고 했어."

슈아우지아는 그들에게 잘 해준 적이 한 번도 없다. 그런데도 아이들은 그녀를 혼자 두지 않았다.

"뭐하고 있어?"

"그냥 앉아 있어."

"우리도 언니와 함께 앉아 있을래."

아이들은 진흙 바닥에 털썩 주저앉았다. 더운데도 떨어져 있지 않고 슈아우지아에게 딱 달라붙어 앉았다. 최근 수용소에는 이가 급증했기 때문에 아이들은 머리를 빡빡 깎았고, 대부분 코를 질질 흘렸다. 아이들은 모두 눈이 크고, 볼은 움푹 패여 있다. 이곳에도 음식은 충분하지 않다.

"밀지 마!"

슈아우지아는 자신에게 기댄 소녀를 떠밀면서 말했다. 위이라 아줌마가 수용소로 데려오는 아이들은 특히 사람에게 달라붙는 것을 좋아했다.

"너희는 양보다도 더 상태가 안 좋아."

"늑대 얘기해줘."

"얘기, 하나 해주면 꼭 저리로 가야 돼!"

"알았어."

정말로 아이들이 간다면 얘기, 하나쯤은 할 가치가 있나. 슈아우지아는 위이라 아줌마에게 뭐라고 얘기할지 계획을 짤 조용한 시간이 필요했다. 이런 사소한 일로 그것을 늦출 수는 없었다.

"좋아, 늑대 얘기해줄게."

슈아우지아는 깊이 숨을 내쉬고는 이야기를 시작했다.

"내가 목동으로 일할 때 일어난 얘기야. 우린 아프가니스탄의 고지대 목장에서 양을 기르고 있었어. 그곳 공기는 무척이나 맑고 시원했어."

"주먹으로 아프가니스탄 지도를 만들 수 있어."

"나도."

아이들이 더러운 주먹을 그녀의 얼굴에 들이밀었다. 튀어나온 엄지손가락은 좁은 바다흐샨주 지역을 나타냈다.

"끼어들지 마. 너희 내 이야기를 듣고 싶은 거야, 아니야?"

슈아우지아는 손짓하면서 말했다.

"우린 목장에 올라와 있었어. 그곳에는 풀, 나무, 파스타치오 나무, 커다란 참나무가 다 푸르러. 모두 다 푸르러."

슈아우지아는 푸른색을 무언가에 비유하려고 주위를 둘러보았다. 수용소에는 누런빛을 띤 회색 진흙담장 밖에 없었다. 아이들은 줄곧 이곳에서 살고 있었다.

"사파의 샬와르 까미즈 좀 봐. 높은 목장에서는 온 세상이 저 옷처럼 푸른색이야."

사파의 진흙 묻은 옷 밑으로 푸른색이 비쳤다. 물 공급이 너무 적어서 빨래할 수 있는 사람은 아무도 없었다.

아이들은 오우, 아우라고 해대며 색깔에 대해 저마다 쓸데없는 소리를 해댔다. 그녀는 그들을 조용히 시켜서 이야기를 끝마쳐야 했다. 그래야만 아이들이 떠날 거니까.

슈아우지아는 마음속으로 목장을 그려보았다. 순간 시끄러운 소리도, 진흙담장도, 그리고 난민촌의 냄새도 다 사라져 버리는 듯했다.

"어느 날 밤 나는 양을 지키고 있었어. 양은 너무 멍청해서 스스로 돌볼 수가 없거든. 목동은 잠을 자고 있었어. 유일하게 깨어 있는 건 나밖에 없었어. 불꽃이 별처럼 하늘로 날아오르는 모습을 지켜보면서 불가에 앉아 있었지."

"언덕은 등골이 오싹할 만큼 조용했어. 들리는 거라곤 양들의 코고는 소리뿐이었어. 그때 갑자기 늑대가 울부짖는 거야!"

슈아우지아는 늑대처럼 울부짖었다. 몇몇 아이들은 너무 놀라 헐떡거렸고, 어떤 아이들은 웃기도 하였으며, 근처에서 수를 놓던 여자들은 순간 수다를 멈추었다.

"울부짖는 소리가 계속해서 들리는 거야! 늑대 무리가 양을 잡아먹으려고 숲으로 온 거야."

"난 일어서서 늑대들이 나무 뒤에서 슬금슬금 기어나오는 것을 보았어. 그놈들은 양을 잡아먹고 싶어 했지만, 우선 니히고 싸워야 했어. 나를 향해 오는 거대한 늑대를 세어봤어. 네 마리, 다섯 마리, 여섯 마리, 일곱 마리. 커다란 늑대 놈들이 다가오면서 엉덩이에 잔뜩 힘을 주며 나를 덮치려고 했어."

"난 몸을 구부려 불이 붙어있는 나무토막 두 개를 들고, 늑대들이 나에게 덤벼들자 그것을 높이 쳐들었어. 그놈들은 굶주려 있었고, 힘이 무척 셌지만, 난 조용한 밤을 방해받은 것에 화가 나서 그놈들과 한판 붙었어. 늑대들을 발로 차고 불이 붙은 나무를 휘둘러댔어. 결국 놈들은 지쳐 내 발밑에 쓰러져서 기절했어. 아침이 되어 깨어난 놈들은 너무 당황해서 살금살금 숲으로 도망갔어. 놈들을 내가 비웃지 않은 것을 고마워했어.

"안녕, 얘들아!"

위이라 아줌마는 바람처럼 수용소를 휩쓸며 나타났다.

"그 얘기를 할 때마다 늑대가 하나씩 늘어나는구나."

아줌마가 오두막 안으로 들어오면서 말했다.

슈아우지아는 벌떡 일어나서 아줌마를 따라갔다.

"아줌마, 할 얘기가 있어요."

"비밀학교 학생 한 명이 탈레반에게 발각되었어."

위이라 아줌마는 같은 비밀단원에게 말하고 있었다.

"우리가 할 수 있는 일은……."

"아줌마!"

위이라 아줌마는 계속 슈아우지아를 무시했다.

슈아우지아는 옆에 있는 제스퍼의 단단한 몸을 쓰다듬었고, 그것이 그녀에게 용기를 주었다.

"위이라 아줌마, 돈 좀 주세요!"

슈아우지아가 소리쳤다.

이 소리가 위이라 아줌마의 관심을 끌었다.

"돈을 달라고? 이야기한 값으로? 그런 시시한 얘기는 누구에게나 들을 수 있는데?"

"얘기한 값 말고요."

위이라 아줌마는 어느 틈에 길고 튼튼한 다리로 성큼성큼 저쪽으로 사라졌다.

"위이라 아줌마! 난 돈이 필요하다고요!"

슈아우지아가 소리쳤다.

위이라 아줌마가 돌아왔다.

"어느 거야? 돈을 원하는 거야? 아니면 돈이 필요한 거야? 우리는 모두 돈을 받고 싶어. 하지만 우리끼리 그럴 필요 있니? 그리고 넌 이미 돈을 받은 것이나 마찬가지 아니니? 오늘 밤도 여기서 공짜로 잘 거지?"

이번에는 절대 물러서지 않을 거야, 슈아우지아는 맹세했다.

"처음 여기 왔을 때 내 계획을 말했잖아요. 내가 돈을 벌어야 할 필요에 대해 말이에요. 그런데 아줌마는 허드렛일이나 시키면서 나를 잡아두었어요. 그래서 돈벌이를 찾을 시간이 없었다고요."

"난민촌에서 네 아프간 친구들을 편하게 해주는 일이 평생 할 수 있는 가장 좋은 일이라고 생각했다."

"평생이라고요!"

슈아우지아는 놀라서 소리쳤다.

"그럼, 아줌마는 내가 평생 이일을 하기 바라는 거예요? 이런 진흙 속에서 살려고 아프가니스탄을 떠난 게 아니라고요!"

슈아우지아는 미망인 수용소를 둘러싼 진흙 담장으로 팔을 뻗었다. 수용소 반대편에 있는 난민촌 본관에는 진흙 담장이 훨씬 더 많다. 어쩌면 세상 전체가 진흙투성이며 절대로 이곳을 빠져나가지 못할지도 모른다.

위이라 아줌마는 슈아우지아를 굳은 얼굴로 바라보았다.

"프랑스는 말도 안 되는 소리야."

"그렇지 않아요."

"이 애 생각은 단지 바다로 가서, 배에 껑충 올라타고 프랑스로 가는 거야. 그러면 그곳에서 다른 사람들이 두 팔 벌려 자신을 환영할 거라는 거야."

위이라 아줌마는 뭐 흥미로운 일이 생겼나 하고 모여드는 사람들에게 외쳤다. 사람들이 비웃자 슈아우지아는 이 난민촌에서 가장 견딜 수 없는 일이 무엇인지를 깨달았다. 이곳에서는 개인적으로 다툴 수조차 없다.

"이 애는 옥수수밭에 앉아서 평생을 보내고 싶답니다!"

위이라 아줌마가 계속해서 말했다.

'라벤더 들판이야, 옥수수밭에서 평생을 보내고 싶은 게 아니야. 단지 그곳에 아주 오랫동안 앉아서 내 머릿속에서 아줌마 목소리를 없애고 싶은 것뿐이라고.'

슈아우지아는 이렇게 생각했지만 말을 더 해서 성가시게 만들고 싶지는 않았다.

"내가 너한테 약속한 대로 간호 훈련소에 들어가는 게 어때? 몇 년 공부하면 간호보조로 일해서 돈을 벌 수 있을 거야. 바다는 아무데도 가지 않아. 내가 알기엔 프랑스도 사라지지 않아."

"몇 년이라고요? 여기서 몇 년을 썩을 수는 없어요! 그럼, 난

미칠 거라고! 저 여자처럼 될 거라고요!"

슈아우지아는 미친 여자를 가리켰다. 이름조차 없는 이 여자는 페샤와르 거리에서 비틀거리며 흐느끼고 있었다. 자원봉사자가 여자를 미망인 수용소로 데리고 왔다. 여자는 여전히 비틀거리며 흐느꼈다. 그때 위이라 아줌마가 말했다.

"적어도 이곳에서는 안전해. 거리에서처럼 남자애들한테 맞지는 않을 테니까."

"시끄러워!"

슈아우지아는 참기 어렵게 떠들어대는 여자들에게 소리쳤지만, 여자들은 그녀를 무시했다.

"말할 때 공손한 말을 좀 써라. 왜 네 친구 파르바나처럼 행동하지 못하니? 그 애는 항상 공손하게 말하는데."

위이라 아줌마가 단호하게 말했다.

'파르바나는 나보다 더 아줌마를 좋아하지 않을 거야.'

슈아우지아는 이렇게 생각했지만 입을 다물었다. 위이라 아줌마는 듣고 싶은 얘기만 골라 듣는 재능이 있다는 걸 알고 있기 때문이다.

"여기서 일한 대가를 줄 수 없다면 떠나겠어요. 돈을 벌 수 있는 일을 찾겠어요."

위이라 아줌마 목소리가 부드러워졌다.

"바깥세상이 어떤지 넌 몰라. 넌 아직 보살핌을 받아야 해.

너 혼자 힘으론 살아갈 수 없어."

"내가 보살핌을 받아야 한다니, 그게 무슨 말이죠? 난 항상 스스로 돌봐 왔어요! 가족조차도 날 돌보지 않았다고요."

떠올리고 싶지 않았던 기억이 슈아우지아의 마음속을 파고 들었다. 카불거리에서 일을 마친 후 어둡고 비좁은 작은 방으로 돌아오면 가족은

"잘 다녀왔니?"

라는 말은 한마디도 없이

"얼마나 벌어왔니?"

라고 물었다.

"네 가족은 저녁마다 네가 오기를 기다렸어. 네가 먹을 것을 사려고 돈을 벌었다면, 가족은 널 위해 요리했고, 밤마다 잘 수 있는 장소를 주었어. 네가 산에서 올 때는 목동이 널 지켜주었고, 지금 미망인 수용소에서는 우리가 널 지켜주는 거야."

"날 지켜준다고? 약속한 신발조차 사주지 않았어요. 아줌마가 한 일은 나를 쥐고 흔드는 일뿐이에요. 그러려면 아프가니스탄으로 돌아가서 나 말고 탈레반을 좌지우지해 보세요."

"그만해라, 슈아우지아. 이제 넌 어린아이가 아니야. 그런 행동을 하면 안 돼."

"그럼, 날 어린아이 취급 말아요! 날 저 애들 중 하나로 취급하지 말란 말이에요!"

슈아우지아는 즐거운 듯이 입을 벌린 채 이 싸움을 지켜보는 아이들을 향해 손짓했다. 슈아우지아는 아이들이 늑대 얘기보다 더 즐거워하고 있다는 것을 알았다.

위이라 아줌마는 천천히 깊은 심호흡을 했다.

"어른처럼 대해 달라고?"

아줌마가 조용히 말했다.

"좋아, 그렇게 하지. 그럼 성인으로서 선택해라. 여기 있으려면 불평하지 말고 있어. 그리고 네 시간과 재능, 능력을 개발하는 데 투자해. 그 대신 돈은 바라지 마. 너도 알다시피 돈은 없으니까. 그리고 이곳을 떠나고 싶으면 출입문이 어디 있는지 너도 알 거야. 우린 도움이 필요한 사람들을 돕는 것도 힘들어. 며칠 말미를 줄게. 그때까지 네 결정을 알려줘."

슈아우지아는 정신이 아찔해져서 잠시 조용히 했다. 슈아우지아는 위이라 아줌마를 굳은 표정으로 노려보았고, 위이라 아줌마도 슈아우지아를 단호한 표정으로 바라보았다.

"생각할 필요도 없어요. 내일 떠나겠어요. 멋진 직업을 찾아서 부자도 되고 프랑스도 꼭 갈 거예요. 다시는 절대 이곳으로 돌아오진 않을 거예요!"

슈아우지아는 차갑게 말하면서 자신의 목소리가 스스로 느끼는 것보다 더 용감하게 들리기를 바랐다.

"좋아, 오늘 밤 이별 파티를 해야겠어."

위이라 아줌마가 조용히 말했다.

그 말과 함께 아줌마는 사라졌다.

2

바다를 향해

위이라 아줌마의 코고는 소리는 피할 방법이 없다. 슈아 우지아는 베개를 귀 위로 올려놓기도 하고, 뒹굴기도 하고, 엎드리기도 하고, 커다란 탄식을 내면서 위이라 아줌마가 깨어나기를 바라기도 했지만 모두 허사였다. 위이라 아줌마는 완전히 곯아떨어졌고, 아줌마는 자신이 다른 사람들을 괴롭히고 있는지조차 알지 못했다.

가끔 슈아우지아는 다른 오두막으로 옮겨가 잠을 자곤 했다. 위이라 아줌마 오두막에는 공간이라고는 조금도 없었다. 그녀는 테이블 옆에 담요를 걸쳐 놔 조그만 개인 공간을 만들고 테이블 아래에 펴 놓은 토샤크 위에서 잠을 잤다.

"이곳도 코고는 소리를 막을 수는 없어. 그래도 이곳은 나만의 세상이라는 느낌이 들어."

슈아우지아는 늘 함께 자는 제스퍼에게 말했다.

슈아우지아는 위이라 아줌마와 싸우던 날 밤늦게까지 잠을 이룰 수 없었다. 그날 오후는 일진이 아주 사나웠다.

저녁에 슈아우지아의 이별 파티가 있었다. 수용소 사람들은 마당에 피워놓은 불가에 모여 음식을 먹었다. 위이라 아줌마는 그동안 힘든 일을 해준 그녀가 얼마나 고마웠는지를 일일이 열거했다.

"난 슈아우지아가 바다로 가는 데 성공해서 프랑스에서 멋진 새 인생을 찾을 거로 생각합니다."

아줌마는 계속해서 자신이 들은 바로는 프랑스가 매우 아름답다고 했고, 슈아우지아가 그곳에서 옥수수밭을 산책하며 멋진 시간을 보낼 것을 믿는다고 했다.

위이라 아줌마가 말하는 동안 슈아우지아는 분노로 주먹을 꽉 부르쥐었다.

위이라 아줌마 연설이 끝난 후에 다른 여자들도 슈아우지아에 대해 멋진 얘기를 해줬다. 슈아우지아가 그동안 얼마나 도움이 됐으며, 얼마나 영리한지, 얼마나 빛나는 미래를 가졌는지를 말했다.

그런 다음 아이들은 피리를 불었다.

"가지 마, 슈아우지아! 여기 있어. 우리에게 이야기도 해주고!"

어린아이들은 흐느끼며 슈아우지아에게로 달려갔다.

슈아우지아는 화가 났다. 위이라 아줌마가 자신을 이곳에 있게 하려고 거짓 파티를 꾸민 것이다.

그때 위이라 아줌마가 말했다.

"좋은 소식이 있어, 슈아우지아. 페샤와르에서 네 일자리를 구했어. 바느질 공장과 탁아소야. 너는 탁아소에서 살면 되고, 돈은 집세와 밥값을 내고도 저축할 만큼 벌 수 있어. 멋지지 않니? 게다가 난 매주 바느질 공장으로 널 만나러 갈 수도 있어. 내일 그곳에 데려가서 자리 잡도록 도와줄게."

다른 여자들은 손뼉을 치며 슈아우지아가 정말 운이 좋다고 말했지만 그녀는 화가 나서 속이 부글부글 끓었다.

위이라 아줌마의 코고는 소리를 들으며 매트 위에 누워 있는 지금도 그녀는 약이 잔뜩 올랐다.

"아줌마는 모두 자기 마음대로 조정할 수 있다고 생각하나 봐. 나도 조정할 수 있다고 생각하는 거지."

슈아우지아는 제스퍼에게 속삭였다.

슈아우지아는 미망인 수용소에 온 첫날을 기억했다. 목동이 그녀를 난민촌으로 데리고 왔을 때 슈아우지아는 난민촌 주위를 두리번거리다가 자원봉사자에 의해 미망인 수용소로 넘겨졌다.

수용소 문으로 들어서서 위이라 아줌마를 보자마자 도망가고 싶었지만, 때는 이미 너무 늦었다.

"어머! 너로구나!"

위이라 아줌마는 커다랗게 울리는 목소리로 외쳤다. 수용소에 있는 사람 모두 하던 일을 멈추고 슈아우지아를 쳐다보았다.

"파르바나 친구로구나."

위이라 아줌마는 탈레반이 여학생 교육을 금하고, 여자 선생님을 쫓아내기 전까지 체육 선생님 겸 필드하키 감독이었다. 아줌마는 잠시 카불에서 파르바나 가족과 함께 살았었다.

슈아우지아는 아줌마가 그때도 엄청나게 거들먹거렸을거라 생각했다.

위이라 아줌마는 긴 다리로 성큼성큼 걸어서 마당을 건너와, 슈아우지아 앞에 섰다. 그녀는 이 늙은 여자가 바라본 자신의 모습을 상상할 수 있었다. 그녀는 온통 햇볕과 바람에 그을렸고 더럽고 너덜너덜한 옷을 입고 있었다. 슈아우지아는 등은 똑바로 펴고 머리를 높이 쳐들었다.

"너한테 양 냄새가 나는구나. 하지만 우리가 고쳐줄 수 있어. 아직도 넌 남자애처럼 보이는구나. 그것도 고쳐줄 수 있어."

아줌마는 따뜻한 물과 함께 여자 옷을 가져오라고 크게 고함쳤다.

"그냥 남자처럼 보이는 게 더 나아요. 여자처럼 보이면 아무것도 할 수 없다고요."

슈아우지아가 말했다.

"말도 안 되는 소리."

위이라 아줌마가 말했다. 이 말은 아줌마가 자신을 부려먹을 때마다 쓰던 말이다.

"탈레반 세력은 여기까지 미치지 않으니 여기선 남장을 할 필요 없어. 오, 멋진 개로구나!"

아줌마는 몸을 구부려 두어 걸음 뒷걸음질치는 제스퍼를 자세히 살펴보았다.

"아주 좋은 개로구나."

아줌마가 돌아서자 슈아우지아는 안도의 작은 한숨을 내뱉었다. 위이라 아줌마는 분명히 그들이 카불에서 마지막으로 만났을 때, 슈아우지아에게 무척 화가 나 있었다는 사실을 기억하지 못하는 것 같았다. 하지만 안도는 너무 일렀다.

"넌 가족이 너 없이 어떻게 살게 될지 생각도 하지 않고 카불을 떠나왔어."

"가족은 날 좋아하지 않아요! 항상 날 힘들게 했어요. 또 날 알지도 모르는 늙은이한테 시집보내려고 했어요. 그것도 돈 때문에요. 난 그들에게 아무것도 아니라고요!"

슈아우지아는 소리쳤다.

"게임이 네 방식대로 되지 않는다고 팀을 포기하면 안 되는 거야. 어쨌든 네가 자리를 잡을 때까지 너에게 일거리를 주겠다."

위이라 아줌마가 대답했다.

슈아우지아는 그 후로 위이라 아줌마 밑에서 일을 하게 되었다.

"이제 더는 안 할 거야. 그리고 아줌마를 위한 가정부 노릇도 안할 거야. 난 잠잘 집도 필요 없어. 예전엔 목동들과 밖에서 잤는데 뭐. 도시에서도 밖에서 잘 수 있어. 그렇게 해서 모은 돈으로 배를 탈거야."

슈아우지아는 제스퍼에게 말했다.

그녀는 베개 아래로 손을 넣었다. 베개 속에는 자신의 가장 귀중한 소지품인 프랑스에 있는 라벤더 들판 사진이 들어 있었다. 어둠 속에서 사진을 볼 수는 없었지만 손으로 만지면서 상상할 수는 있었다.

내가 가고 싶은 곳이다. 보라색 꽃들이 예쁜 들판. 이곳에서는 나를 귀찮게 할 사람이 아무도 없다. 그곳에 앉아서 머릿속에 있는 혼란을 다 없애버리고, 난민촌의 역겨움을 다 씻어버릴 것이다. 그렇게 하고 난 다음 파리로 가서 파르바나와 약속한 대로 에펠탑 꼭대기에 앉아서 그녀를 기다릴 것이다. 우리 두 사람은 남은 인생 내내 차를 마시며, 오렌지를 먹으며, 위이라 아줌마 흉을 보면서 지낼 거다.

슈아우지아는 팔꿈치를 가슴 쪽으로 당겨 몸을 일으켰다.

"오늘 밤 떠나자."

제스퍼는 꼬리를 살랑살랑 흔들었다. 이것이 그녀의 용기를 북돋아주었다.

슈아우지아는 일어나서 구석으로 손을 더듬어 예전에 입었던 남자 옷 꾸러미를 찾았다. 그 옷으로 갈아입은 다음, 머리카락을 한 줌 쥐어서 테이블 위에 있는 가위로 싹둑 잘랐다. 슈아우지아는 머리가 짧아졌다고 생각될 때까지 자르고 또 잘랐다. 그런 후 모자를 쓰고, 담요 숄을 걸친 다음 가방을 들었다. 소지품은 그게 다였다.

위이라 아줌마 귀에다 "안녕!"이라고 소리치고 싶은 충동을 억제하면서, 슈아우지아는 조용히 오두막을 나왔다. 제스퍼가 뒤를 따랐다.

그들은 수많은 오두막을 지났고, 여자 노인들에게 글 읽기를 가르치는 곳도 지나쳤다. 이 두 곳은 밤에는 잠자는 곳으로 겸용되고 있었다.

슈아우지아는 음식창고로 들어갔다. 남은 음식이 많지는 않았지만, 낸 몇 조각과 찬밥을 조그만 천에 쌌다. 가방에 음식과 물을 담을 작은 플라스틱 병을 집어넣었다.

마당으로 다시 돌아와서 마지막으로 수용소를 돌아보았다. 조용한 가운데 위이라 아줌마의 코고는 소리와 함께 수용소 밖, 아주 멀리서 누군가가 우는소리만이 들려왔다.

지체할 여유가 없었다. 난민촌은 어두웠다. 슈아우지아는

한밤중에 떠나려고 한 결정을 후회했지만, 곧바로 돌아서서
수용소 문을 나왔다. 이제 바다로 향하는 슈아우지아의 여행
이 시작되었다.

3
거리에서

뒤에서 커다란 경적소리가 들려왔다. 슈아우지아는 곧 장 거리에서 뛰쳐나왔다. 커다란 트럭이 그녀의 옆을 지나쳐가 면서 시끄러운 소리를 냈다. 트럭에서 나온 배기가스 때문에 기침이 났다.

제스퍼는 슈아우지아 다리에 거의 붙어다녔다. 너무 가까이 붙어서 걷기가 어려울 정도였다. 그녀는 제스퍼가 벌벌 떨고 있는 것을 느꼈다.

"괜찮아, 제스퍼."

슈아우지아는 제스퍼를 토닥거리며 말했지만 자신도 떨고 있었다.

난민촌에서 나왔을 때는 한밤중이었다. 그들은 새벽이 올 때까지 계속해서 걸었다. 지금은 한나절이고 어느덧 교통이 혼잡한 파샤와르 도시에 이르렀다.

고속도로에는 많은 차로 꽉 막혀 있었고, 버스에도 사람이 너무 많아 문가에 매달려 가야했다. 장난감처럼 생긴 작은 바퀴가 세 개 달린 자동차는 차량 사이를 왔다갔다하며 질주했다. 자동차들은 형형색색 디자인도 다양했다. 거리에는 흰색 밴과 택시, 보통 자동차가 달리고 있었다. 슈아우지아에게는 이 모든 차들이 동시에 경적을 울려대는 것 같았다.

길에는 가족을 태운 오토바이도 있었고, 짐을 나르는 자전거도 있었다. 또 말이나 당나귀, 소, 심지어는 낙타가 끄는 짐수레도 있었다. 슈아우지아는 한 노인이 잡동사니를 잔뜩 실은 자전거를 타고 페달을 있는 힘껏 밟는 모습을 지켜보았다. 자전거는 위태위태 흔들리며 이리저리 움직여서 거의 지나가는 버스와 부딪칠 뻔했다.

차들이 너무 많았다. 슈아우지아는 제스퍼를 나무 그늘로 데리고 갔다. 그들은 앉아서 쉬면서 차들이 속도를 내며 지나가는 것을 지켜보며 말했다.

"여기로 온 건 잘못한 거 같아. 이렇게 시끄러울 줄 몰랐어. 이렇게 혼잡할 줄도 몰랐어."

슈아우지아는 제스퍼의 귀를 긁어주었다. 제스퍼를 위해서

라기보다는 자신을 위한 일이다.

"아마도 우린 양하고 살았어야 했어. 그럼, 최소한 숨쉬기에 훨씬 좋은 공기를 마셨을 테고, 너무 덥지도 않았을 텐데. 게다가 바다는 너무 멀리 떨어져 있어. 성공하지 못하면 어쩌지? 그럼, 우린 이곳에서 처박혀 있어야 해."

슈아우지아가 말했다.

제스퍼는 그녀의 손을 슬쩍 핥았고 슈아우지아는 계속해서 제스퍼의 귀를 긁어주었다.

"우리가 성공할 거로 생각하니?"

강아지는 꼬리를 흔들며 그녀의 얼굴을 핥았다.

슈아우지아는 주머니에서 라벤더 들판 사진을 꺼냈다. 아마 백만 번쯤 그 사진을 보는 것일 터였다.

"이곳이 내가 가려고 하는 곳이야. 이곳에 가려면 우선 난 여기 머물러야만 해."

슈아우지아는 제스퍼에게라기 보다는 자신에게 말하였다.

주머니에 도로 사진을 집어넣고 일어서서 배기가스로 가득 찬 공기를 들이마셨다.

"자, 가자. 난 아프가니스탄을 정복한 칭기즈칸과 같은 힘센 전사인 척 해야지. 다시 보잘 것 없는 이 도시를 침략할 거야. 아무도 내 앞길을 막을 수 없어!"

슈아우지아는 제스퍼에게 말하고 나서는 히죽 웃었다. 그리고 고속도로로 돌아가서 칭기즈칸이 활보하며 걷는 모습을 상상해 보았다. 그러면서 경적소리를 들으며 다시 여행을 시작하였다. 슈아우지아는 본래의 모습으로 돌아왔고 적어도 앞으로 나아가고 있었다.

"카불에서 본 트럭과 자동차가 생각 나."

슈아우지아는 제스퍼를 안심시키려고 머리를 쓰다듬으면서 말했다. 제스퍼는 여전히 벌벌 떨고 있었다.

"넌 양밖에 보지 못했으니까 차 때문에 놀랄 수도 있겠다. 하지만 걱정하지 마. 곧 익숙해질 거야."

제스퍼는 어찌할 바를 몰라 했다. 경적소리나 차가 달리면서 내는 커다란 소리를 듣고 이리저리 도망쳤다. 슈아우지아는 제스퍼가 혼란스러운 나머지 차를 미처 피하지 못하고 그곳으로 뛰어들까봐 두려웠다. 슈아우지아는 바닥에서 파란색 긴 끈을 주워 그것을 제스퍼 목에 묶어서 개 줄로 사용하였다.

"야, 너한테 딱 안성맞춤이야. 무서움이 없어질 때까지 하고 있어야 해."

제스퍼는 끈을 두 번쯤 물어뜯더니 슈아우지아의 뺨을 핥았다. 그들은 다시 걷기 시작했다.

"이곳에는 아프간 사람들이 많아서 마치 카불 같아."

시장도 카불 시장과 비슷했다. 밖에 있는 선반 위에는 과일을 높이 쌓아올려 놓았고, 가죽이 벗겨진 염소는 갈고리에 매달려 있었다. 정육점 주인은 파리를 쫓느라고 신문지를 연방 휘두르고 있었다.

그러나 다른 점이 두 가지 있었다. 첫 번째는 몇 사람이 부르카를 입고 있기는 하였어도, 맨얼굴로 다니는 여자들이 많다는 점이었다. 그래도 아무도 그들을 때리는 사람이 없었다.

두 번째는 건물이 하나도 파괴되지 않았다는 점이다. 폭탄도 떨어지지 않았다. 슈아우지아는 평생을 폭탄 파편 속에서 살아왔다. 그런데 그런 모습이 보이지 않는 것은 매우 낯설었다.

"여기서는 돈을 벌 방법이 참 많은 것 같아."

슈아우지아는 이렇게 복잡한 소음 속에서 제스퍼가 자신의 말을 알아들을 수 있을지 의심스러웠지만 어쨌든 계속해서 얘기했다. 그녀는 말할 상대가 필요했다.

사방에는 슈아우지아 또래의 남자 아이들과 젊은 사람들이 일하고 있었다. 그녀는 카센터에서 일하는 사람, 대장간에서 금속을 두드리는 사람, 수레에서 오렌지를 파는 사람, 차를 배달하는 사람을 보았고, 또 버스 문가에 대롱대롱 매달려가는 소년들도 보았다. 그들은 돈을 쥐고 손님들이 버스 안으로 들어가도록 재촉하다가 버스가 커브를 돌 때 그 안으로 올라탔다. 공사장을 지나가면서 진흙 범벅이 된 소년들이 벽돌을 실은 당나귀를 끄는 모습도 보았다.

이곳에는 여러 개의 언어가 난무하고 있었다. 아프가니스탄

언어인 파슈토어, 다리어, 그리고 우즈베크어도 들렸고, 파키
스탄 언어라고 생각되는 말도 있었다.

사람들이 점점 더 많아질수록 슈아우지아는 제스퍼의 끈을
꽉 잡았다.

악취가 나고 물살이 느린 강 양쪽으로 가게들이 즐비했다.
보석상과 통조림 가게도 있었다. 또 부르카만 파는 가게도 있
었는데 벽에 한 줄로 걸어 놓아 시퍼런 귀신처럼 보였다. 어디
에서나 사람들이 물건을 팔고 있었다.

슈아우지아는 시장을 돌아다니면서 자신이 이곳에서 일하는
모습을 상상했다. 너무 지쳐서 더 걷기가 어려워지자 한 건물
앞에서 그늘진 장소를 찾아 벽에 등을 기대고 앉았다. 그녀의
곁에는 제스퍼가 있었다. 플라스틱 물병을 꺼내 물을 마시고,
손에도 조금 부어 제스퍼에게 먹였다. 난민촌에서 가져온 빵도
함께 나누어 입에 넣고, 물을 마셨다.

먹고 마시는 일은 즐거웠다. 슈아우지아는 완전히 지쳐서 쉬
려고 눈을 감았다.

"여긴 내 자리야."

슈아우지아는 눈을 떴다. 부르카를 입은 여자가 앞에 서 있었다.

"내 자리야, 난 매일 여기에 앉아."

여자가 다시 말했다.

"그냥 좀 쉬려고요."

슈아우지아가 말했다.

"다른 데 가서 쉬어."

지쳐서 싸울 힘도 없었기 때문에 슈아우지아는 제스퍼를 데리고 일어섰다.

여자가 자리를 차지하고 앉았다.

"도와주세요."

여자는 지나가는 사람들에게 구걸했지만 사람들은 그 말을 무시하며 지나갔다.

"1루페나 2루페만 주세요."

여자는 또 다른 사람에게 말했다.

"이렇게 해서 얼마나 벌어요?"

슈아우지아가 물었다.

"하루에 10루페쯤."

"그렇게 많이요?"

"아이들이 굶어 죽진 않을 정도지."

"부르카를 벗으면 사람들이 아줌마 얼굴을 볼 수 있으니까……."

"네가 뭘 알아? 얼굴을 가리고 구걸을 해야 아무도 날 볼 수 없지. 난 아프가니스탄에서 관리부장이었어. 난 대학도 나왔다고. 자, 날 좀 봐! 아니, 아니, 날 보지 마! 저리 가!"

여자가 화를 내며 대답했다.

슈아우지아는 자신이 여자의 마음을 다치게 했다는 죄책감과 함께 여자가 편히 쉬는 자신을 쫓아냈다는 불쾌감으로 잠시 그곳에 서 있었다. 결국 그녀는 어쩔 수 없다는 것을 깨닫고는 제스퍼와 함께 다른 곳으로 갔다.

여자는 슈아우지아를 무서워했다. 대학까지 나온 사람이 거지가 되었다면, 그녀에게는 무슨 희망이 남아있단 말인가?

슈아우지아는 제스퍼 옆에 무릎을 꿇고 앉아 강아지 끈을 다시 묶는 척했다. 고개를 숙이고 있어서 아무도 그녀가 우는 것을 볼 수 없었다.

"이곳이 마음에 안 들어."

슈아우지아는 속삭였다. 제스퍼는 그녀가 흘린 눈물을 핥았다. 그녀는 제스퍼를 꽉 끌어안았다. 얼마 후 슈아우지아는 다시 일어나 계속해서 걸어갔다.

시장에는 거지들이 아주 많았다. 부르카를 입은 여자도 있었고, 안 입은 여자도 있었다. 사지가 뒤틀린 채 고통스러워하는 사람들도 있었고 자기 또래의 아이들도 있었다. 사람들은 거지들이 눈에 보이지 않는다는 듯이 구걸하며 내민 손을 그냥 지나쳐갔다.

"구걸하고 있는 사람들은 보기에도 가난해 보이는구나."

슈아우지아는 그들의 모습이 너무 흉측해서 쳐다볼 수 없었다.

그녀는 다시 시장을 걸어 다녔다. 일자리를 찾아야겠어, 슈아우지아는 이렇게 생각했지만 상점 주인에게 다가설 때마다 매번 부끄러워서 말조차 걸지 못했다.

"아직 넌 네 힘으로 살지 못해."

위이라 아줌마가 한 말이 생각났다. 슈아우지아는 수용소 사람들이 얼마나 자신을 비웃을지를 생각했다.

슈아우지아는 깊이 심호흡을 하고, 가장 가까이에 있는 책 판매점으로 향했다.

"저에게 일거리를 주세요!"

슈아우지아는 책더미 뒤에 있는 남자에게 부탁했다.

그녀는 곧바로 가게에서 쫓겨났고 다른 네 군데 가게에서도 마찬가지였다.

그날은 저물었다. 시장은 늦게까지 문을 열었지만 보잘것없는 백열전구만 매달려 있었고, 곳곳에 서 있는 기둥과 전선은 섬뜩하고 무서운 그림자를 만들어냈다. 슈아우지아와 제스퍼는 상점과 상점 사이에 있는 움푹 파인 장소로 들어가서 서로 꼭 끌어안았다. 그곳은 썩은 과일과 쓰레기 냄새가 진동했지만 사람들과 차, 그리고 무서운 그림자에서 벗어날 수 있었다.

슈아우지아는 벽에 기대어 위이라 아줌마의 코고는 소리를 그리워하며 앉은 채로 잠이 들었다.

슈아우지아는 동이 트기 전에 깨어났다. 그녀는 썩은 양배추 더미를 베고 잤다. 제스퍼도 이미 깨어서 쓰레기를 뒤져 뭔가를 씹고 있었다.

슈아우지아는 일어나서 시장에서 보아 둔 수도로 가서 세수

하고 물을 배불리 마셨다.

일거리를 찾느라고 하루를 또 보냈다. 상점 주인들은 슈아우지아가 너무 더러워서 가게에서 일하게 할 수 없다고 했다. 다른 가게에는 이미 고용한 사람들이 있었다.

태양이 질 때쯤 정육점을 지나게 되었는데 진열대는 거의 텅비어있었고, 지저분한 쓰레기와 핏자국으로 범벅되어 있었다.

"아저씨 가게는 청소를 좀 해야겠어요. 제가 해드릴 수 있는데요."

문가 의자에 앉아서 차를 마시던 주인을 향해 말했다.

가게 주인은 차를 입 안 가득 삼키더니, 슈아우지아를 위아래로 훑어보면서 말했다.

"그건 어른이 할 일이야. 넌 너무 어려. 당장 나가."

슈아우지아는 꼼짝도 하지 않았다.

"저도 청소할 수 있어요."

슈아우지아는 손을 엉덩이에다 얹고는 주인을 똑바로 바라보았다. 그녀는 배고프고 피곤해서 말 실랑이는 하고 싶지 않았다.

주인은 차를 한 모금 마시더니 입 안을 한 번 헹군 다음 삼켜버렸다.

"좋은 개로구나. 배고픈가 보구나."

주인은 제스퍼에게 고개를 끄덕이며 말했다.

당연히 제스퍼는 배가 고프죠. 나도 그렇고요.

슈아우지아는 마음속으로 대답했다.

"잠깐 기다려 봐라."

주인은 가게 안으로 들어가서 신문지에 고깃덩어리를 들고 나왔다.

"이건 좋은 고기야."

주인은 제스퍼가 고기를 받아서 급히 먹는 동안 제스퍼 귀를 문지르며 말했다.

"좋은 개는 좋은 고기를 먹어야 해."

주인은 일어섰다.

"내일 아침 일찍 오너라. 반나절 동안 청소 일을 줄 테니. 일을 잘하면 돈을 줄 거고, 그렇지 않으면 널 던져버릴 거야."

그리고 주인은 가게 안으로 들어갔다가 다시 나왔다.

"개도 데리고 오너라."

"고맙습니다."

슈아우지아는 안으로 들어가는 주인 뒤에다 대고 크게 말했다. 그런 후 무릎을 꿇고 제스퍼를 안았다.

"일거리가 생겼어!"

슈아우지아는 노래라도 부르고 싶었다.

일하기 전에 뭘 좀 먹어야 했다. 제스퍼가 고기를 다 먹자마자 빵집으로 달려갔다. 빵집은 막 문을 닫으려 하고 있었다.

"오늘 빵을 좀 주시면 내일 돈을 드릴게요. 내일 아침에 일하거든요."

슈아우지아가 말했다.

빵집 주인은 낸 한 덩이를 집어 슈아우지아에게 던졌다. 그녀는 미처 빵을 받을 준비가 돼 있지 않았기 때문에 빵은 바닥으로 떨어졌다. 그녀는 얼른 빵을 주워들었다.

"내일 얼마를 드려야 하죠?"

"당장 꺼져, 이 거지야! 그냥 준 거니까 빨리 가."

슈아우지아 얼굴은 창피해서 빨갛게 달아올랐다. 그녀는 거지가 아니다.

그녀는 입을 열어 무언가 말을 하려 했지만 다시 마음을 바꾸었다. 차라리 공짜 빵을 얻는 게 더 나았다.

제스퍼와 빵을 나눠먹었다. 그리고 수도에서 물도 마셨다. 음식을 먹자 배가 편안해졌다.

시장은 조용했다. 노점들도 다 문을 닫았고 더러 그늘이나 문가에서 자는 사람들을 보았다.

슈아우지아는 정육점으로 돌아왔다. 그곳도 문을 닫았다. 그녀는 문가에 자리를 잡았다.

"이게 내일 아침에 제시간에 올 수 있는 가장 확실한 방법이야."

냄새가 좀 났지만 그녀는 너무 피곤해서 곧 잠속으로 빠졌다.

4
고단한 생활

슈아우지아는 정육점 주인이 가게 문을 여는 소리에 깨어
났다.

"개가 밖에서 너무 더웠겠구나. 안으로 데리고 가자. 선반 위
에 그릇이 있으니 물을 좀 주거라."

주인이 말했다.

슈아우지아와 제스퍼는 가게를 지나 작은 시멘트 마당으로
주인을 따라갔다. 마당에는 충분한 공간이 있어서 제스퍼는 천
막 아래 그늘에서 몸을 쭉 펴고 있을 수가 있었다.

슈아우지아는 그릇을 찾아 물을 담아서 제스퍼에게 가져다
주었다.

"여기서 기다리고 있어. 내가 일만 잘하면 주인이 네게 고기를 또 줄지도 몰라. 아니면 최소한 네가 빨아먹을 뼈다귀라도 줄 거야."

"깨끗이 청소해야 해."

주인이 말했다. 그리고 슈아우지아에게 물동이, 솔, 그리고 살균제가 어디에 있는지 가르쳐 주었다.

"아침 먹으러 나갔다 올 테니 잘하고 있어야 해. 곧 검사하러 돌아올 거야."

슈아우지아는 일을 시작했다. 텅 빈 선반과 배달할 때 고기를 담는 쟁반을 씻으며 서둘러 일을 했다. 말라붙은 피도 그리 성가시지 않았다. 목동 일을 할 때는 양의 똥을 납작한 덩어리로 평평하게 하는 일을 했다. 목동들은 그 덩어리를 가지고 돌아다니다가 숲을 찾지 못할 때 연료로 사용했다. 그 일은 구역질이 났다. 말라붙은 피딱지를 청소하는 일은 거기에 비하면 아무것도 아니다. 주인이 슈아우지아가 한 일이 마음에 들면 또 다른 일을 줄지도 몰랐다. 정육점 주인이 사용하라고 한 살균제는 냄새가 지독했지만 깨끗하게 청소가 되었다.

슈아우지아는 한 가지 묘안이 떠올랐다.

그녀는 벽으로 둘러싸인 마당으로 물동이를 들고 가서 옷을 벗고는, 살균제를 몸에 뿌려 씻은 다음 재빨리 옷도 빨았다.

"내가 우스워 보이는 거 알아."

슈아우지아는 비틀어 짜긴 했지만 여전히 젖은 옷을 입으면서 제스퍼에게 말했다.

"말리면 돼. 그래도 사람들이 날 고용할 만큼 깨끗해졌잖아?"

다시 일하러 돌아왔다.

"아이고, 몸에다 물을 엎질렀구나."

주인이 아침을 먹고 돌아와서 말했다. 주인은 슈아우지아가 한 일을 훑어보고 고개를 끄덕이며 찻집에서 가득 채워 온 보온병에서 차를 한 잔 따랐다.

"빵과 함께 먹어라."

주인은 신문지에 싸온 냄 몇 덩어리를 가리키며 말했다.

슈아우지아는 한 덩어리를 집어 절반을 떼어먹고, 나머지 절반은 제스퍼에게 가져다주었다. 제스퍼는 그것을 단숨에 먹어치우더니 바닥에 남은 것이 더 없나 하고 코를 킁킁거렸다.

"나중에 더 줄게."

슈아우지아가 이렇게 말하자 제스퍼는 꼬리를 흔들었다.

일이 끝나갈 즈음이 되자 뜨거운 아침 열기 덕분에 슈아우지아의 옷은 거의 다 말라 있었다.

"오늘 제가 할 일이 더 있나요?"

슈아우지아가 물었다.

"아니, 오늘은 없어. 오늘은 쉬는 날이야. 그래서 배달도 손님도 없어. 넌 일을 아주 열심히 하는구나. 어쩜 가끔 네게 일

을 줄 수도 있을 것 같다. 큰 기대는 하지 마라. 난 어쩌면 이라
고 했다!"

슈아우지아의 얼굴이 환해지자 주인도 마지막 말을 덧붙였다.

"개를 데리고 오너라. 계산해 줄 테니."

슈아우지아는 제스퍼를 데리고 왔다.

주인은 주머니에서 꾸러미를 꺼내 거기서 10루페짜리 지폐
를 한 장 꺼냈다. 잠시 주저하더니 또 10루페를 더하여 주었다.

"남은 빵도 가져가라."

주인이 말했다. 슈아우지아는 정말 고마웠다.

"이것 봐."

슈아우지아는 제스퍼를 불렀다.

"빵이 세 덩어리야. 오늘 우리는 왕처럼 먹을 수 있어. 그리
고 내일 먹을 것까지 남았어. 먹을 거! 돈! 깨끗한 옷…… 우린
도시에도 와 있어! 생각보다 일이 잘 풀리는데."

하지만 그날도, 그다음날도 행운은 더는 없었다. 며칠이 지
나서 신발이 다 헤졌다. 바닥에서 주운 끈으로 묶어보려고 했
지만 가죽끈이 아니라서 한나절 밖에는 가지 못했다. 슈아우지
아는 맨발로 길을 걸어서인지 너무 지쳤다.

"이런 식으로 걸을 순 없어."

슈아우지아는 발바닥이 피범벅이 된 것을 보면서 말했다.

그녀는 길가에 앉아서 어떻게 해야 하나 고민하고 있었다.

오후에 고무 신발을 가득 실은 행상인이 짐수레를 끌면서 천천히 슈아우지아 앞을 지나쳤다.

"어, 저거다!"

슈아우지아는 행상인을 불러 멈추게 하고, 맨발로 조심스럽게 뜨거운 바닥을 디디면서 다가갔다.

"신발 한 켤레에 얼마예요?"

행상인은 슈아우지아가 가진 돈보다 더 높은 가격을 불렀다.

"돈이 부족해요."

슈아우지아는 울고 싶었다. 그녀의 발은 벌겋게 달아올라서 한쪽 발씩 번갈아가며 깡충깡충 디뎌야 했다.

행상인은 잠깐 지켜보다가 짐수레 밑바닥을 뒤지기 시작했다. 마침내 그는 짝이 맞지 않는 신발 몇 개를 내밀었다.

"신어봐라."

행상인이 말했다. 슈아우지아는 여러 개를 신어본 다음에야 양쪽 발에 맞는 신발을 찾을 수 있었다. 한쪽은 갈색이고, 다른 쪽은 연두색이다.

"아저씨는 왜 이렇게 짝이 안 맞는 신발을 갖고 다녀요?"

"한쪽 다리만 있는 사람들도 신발이 필요하니까."

"이건 얼마예요?"

"얼마나 있는데?"

슈아우지아는 주머니에서 돈을 꺼내 보여주었다.

"그거면 됐다."

행상인은 그 돈을 모두 가져갔다. 그래서 신발은 생겼지만 돈은 없어졌다.

"다 위이라 아줌마 때문이야."

슈아우지아는 행상인이 짐수레를 끄는 것을 지켜보면서 제스퍼에게 말했다.

"약속대로 아줌마가 내게 신발만 사줬어도……."

슈아우지아는 곧 그런 생각을 접었다. 위이라 아줌마를 탓하는 것은 시간낭비인 듯했다. 수용소에는 신발을 살 돈이 정말로 없었다.

"이것으로 뭘 할까?"

그녀는 찢어진 신발을 들고 제스퍼에게 물었다. 그녀가 찢어진 신발을 길가에 버려두고 돌아서 몇 발자국 가기도 전에 한 젊은 남자가 달려와 그것을 가져갔다.

그녀는 그 신발을 버린 것을 잠시 후회했다.

슈아우지아는 페샤와르에 온 며칠간 밤마다 다른 장소에서 잤다. 그곳의 밤은 너무 시끄러웠다. 항상 총소리, 싸움 소리, 트럭 소리가 들끓었다. 누군가 우는 소리와 웃는 소리도 났지만 가끔 이 두 소리를 구분하기가 어려울 때도 있었다.

사람들은 지나가면서 슈아우지아를 무시하기도 하고, 빤히 바라보기도 했다. 가끔 사람들은 슈아우지아 앞에 쓰레기를 버리기도 하였다. 그럴 때마다 그녀는 사람들이 자신을 보지 못했기 때문이라고 스스로 위안했다. 그러나 그런 일이 자주 일어나자 그렇게 믿기가 어려워졌다.

그들이 페샤와르에서 일주일 이상을 지내게 된 어느 날, 슈아우지아는 건물과 건물 사이에서 잠자기 좋은 장소를 하나 찾아냈다. 선반의 일종이었는데 둘이서 자기에는 충분했다.

"야, 좋은 잠자리를 찾았어."

슈아우지아는 제스퍼에게 말했다.

쓰레기장 근처에서 낡고 두꺼운 종이 상자를 찾았다. 상자를 찢어서 시멘트 선반 위에다 깔았다.

느낌이 어떤지 그 위에 한 번 앉아 보았다.

"이 도시에서 우리가 가장 편안하게 자게 될 거야."

그녀는 잠자리로 올라와서 꼬리를 흔드는 제스퍼에게 말했다.

슈아우지아는 계속해서 일거리를 찾아다녔다. 그녀는 닥치는 대로 아무 일이나 했다. 어떤 일은 며칠간 하기도 했고, 어떤 일은 몇 시간씩 하기도 했다. 통로 위에다 색색별로 옷감을 걸어놓고 파는 골목에서 그녀는 옷감을 내리는 일도 도왔고 단추를 단지에 분류하는 일도 했다.

슈아우지아는 또 가끔 정육점에 가서 청소도 했고, 가게 밖 테이블에 양 머리를 갖다 놓기도 했다. 정육점 주인은 제스퍼에게 먹기 좋은 크기의 뼈를 주었고, 그녀를 채소가게를 하는 친구에게 소개해 주기도 했다. 그래서 슈아우지아는 채소가게에 가서 하루 동안 청소를 했다.

어디를 가나 어린 아이들이 파란색 비닐 배낭을 질질 끌면서 쓰레기를 뒤지는 모습이 눈에 띄었다.

"나도 저런 일을 해야 한다면 할 거야. 그런데 저렇게 해서 얼마나 버는지 모르겠어."

슈아우지아는 제스퍼에게 말했다.

찻집에서 차 배달하는 소년이 아팠기 때문에 그녀는 며칠간 대신 차를 배달하였다. 금속 머그잔에 차를 담아 잠시도 가게를 떠날 수 없는 상인들에게 배달하는 일은 카불에서도 했던 일이다. 그녀는 시장의 좁은 골목을 차 한 방울도 흘리지 않고 뛰어다니며 그 일을 능숙하게 해냈다. 차를 배달하러 가면 그곳에 일거리가 있는지도 물어보았다. 그래서 슈아우지아는 가구 창고를 청소하는 일도 보았다.

어느 날 그녀는 일자리를 찾는 대신 기차역으로 갔다.

"바다로 가는 기차가 어느 거예요?"

슈아우지아는 매표소에 있는 사람에게 물었다.

"카라치로 가려고 그러니?"

남자가 말했다.

"카라치요? 수레 같은데. 비싼가요?"

슈아우지아가 대답했다.

"왕복으로?

"편도만요"

표 판매원이 가격을 말해주었다. 표 가격은 그녀가 돈주머니에 모은 것보다 훨씬 많은 액수였다. 슈아우지아는 고맙다고 말하고 밖으로 나왔다. 무료해진 그녀가 잠시 거리에 누워 있는데 여행하는 사람들이 와서 돈을 주며 짐 나르는 일을 도와달라고 하였다.

슈아우지아는 짐을 다 나른 후 기차역으로 가서 가방 들어주는 일을 하고 팁을 받았다. 그곳에는 상주하는 짐꾼들이 있었다. 그들에게 발각되면 쫓겨나야 했으므로 기차역에 자주 가지는 못했다.

기차역에서 새로운 일거리를 발견한 것은 운이 아주 좋았다. 그러나 기차역에서 사람들이 기차를 타고 어딘가로 떠나는 모습을 지켜보는 것은 가슴 아픈 일이었다.

언제쯤 내 차례가 올까?

"나는 다른 짐꾼보다 싸게 일해. 언젠가는 나보다 더 싼 값에 일을 해주는 사람이 나타날 거야. 그럼 난 그곳에서 더 일할 수 없을 거야. 문제는 우리와 같은 사람이 너무 많다는 거야. 아프간 사람들이 너무 많아. 우리는 모두 돈이 필요하거든."

어느 날 저녁 슈아우지아는 제스퍼에게 말했다.

밤마다 슈아우지아는 목에 건 주머니에 돈을 채워 넣었다.

그렇게 그녀는 매일 바다에 좀 더 가까이 가고 있었다.

어느 날 슈아우지아는 상점 창문에 비친 자신의 모습을 보았다. 머리는 점점 길어져서 다시 여자처럼 보였다.

슈아우지아는 인도 가장자리에 줄지어 있는 한 이발소로 들어갔다. 그녀는 골판지에 앉았다. 그것은 이발사가 고객의 편의를 위해 시멘트에 깔아놓은 것이다. 이발사 옆에는 작은 상자가 하나 있었는데, 그 속에는 가위와, 솔, 면도기, 그리고 머리를 잘랐을 때 자신의 모습을 비추어볼 수 있는 작은 거울이 들어 있었다.

"아주 짧게 잘라주세요."

슈아우지아는 이렇게 말하고 나서 가격까지 흥정하였다. 이제 오랫동안 머리를 자를 필요는 없을 것이다.

머리를 깎는 동안 이발사는 제스퍼도 이발해야 한다고 농담을 했다. 농담은 그리 우습지 않았지만 머리를 자르면서 우울해졌던 마음이 한결 나아졌다. 짧게 자른 머리는 훨씬 시원했다.

그 이후 슈아우지아는 창문에 비치는 자신의 모습을 보지 않으려고 피했다.

프랑스에 가면 다시 머리를 기를 수 있을 거야. 슈아우지아는 스스로 위로했다.

저녁마다 슈아우지아는 그날 번 돈으로 먹을 것을 사서 제스퍼와 나눠 먹었다. 돈을 많이 벌지 못한 날에는 빵만 사서 먹었

다. 반대로 운이 좋은 날에는 양념해서 구운 고기를 사 먹었다

가끔, 일을 한 채소가게에서 돈과 더불어 과일을 주기도 했다. 그것은 특별한 음식이었다. 또 제스퍼는 길거리에서 종종 코로 먹을 것을 찾아내기도 했다.

저녁이 되어 하늘이 어두워지면 슈아우지아는 작은 공간에 앉아 잠이 들 때까지 제스퍼에게 바다 얘기를 했다. 그녀는 외로웠지만 대부분 너무 피곤해서 그런 감정을 느낄 시간도 없었다.

어느 날 밤 슈아우지아는 제스퍼가 짖어대는 소리에 깜짝 놀라서 잠에서 깼다. 눈을 떴더니 밝은 불빛이 얼굴을 비추고 있었다.

일어나 앉으려고 했지만, 제스퍼가 슈아우지아 위에 올라타서 짖어대며 으르렁거리고 있었다.

그녀는 뭔가가 자신을 잡아채는 것을 느낄 수 있었다. 슈아우지아는 몸을 떼어내려고 안간힘을 썼다. 남자들의 화난 목소리가 제스퍼의 짖는 소리를 통해 들려왔다. 놈들이 슈아우지아를 잡아끌려고 할 때마다 제스퍼가 턱을 잡아채고 이빨로 할퀴었다.

"총 갖고 와서 저놈의 개를 죽여버리겠어. 꼼짝 말고 기다리고 있어."

남자가 말했다. 놈은 웃으며 가버렸다. 제스퍼는 코를 킁킁

거리며 그녀의 얼굴을 핥은 다음, 그녀의 배 위에 다시 누웠다.

슈아우지아는 제스퍼에게 바짝 붙어 두려움으로 몸서리쳤다.

"이곳을 떠나야겠어."

슈아우지아는 부드럽게 땅에다 제스퍼를 내려놓으며 말했다.

그들은 좁은 골목길로 내려갔다. 그녀는 큰 충격을 받아 걷기가 어려웠다. 슈아우지아는 제스퍼와 딱 달라붙어 걸었고, 충격 때문인지 숨쉬기가 고통스러웠다.

그들은 밤새도록 계속해서 걸었으며, 만나는 사람들마다 피해 다녔다.

5
거리의 친구들

슈아우지아와 제스퍼는 하늘이 밝아올 때까지 걸었다. 그들은 너무 지친 나머지 사다아르 바자아르 거리에 있는 권총 가게 앞에서 쓰러졌다. 그곳에서 잠시 잠이 들었지만 상점 주인이 가게 문을 열려고 나와서 그들을 쫓아냈다.

슈아우지아는 잠이 부족해서 머리가 멍해졌으며 계속해서 사람들과 부딪치고 돌부리에 발이 채여 비틀거렸다. 한 번은 신문 판매대로 곧장 걸어가다가 신문으로 가득 메운 테이블 위로 넘어질 뻔했다.

"뭐야! 무슨 짓이야!"

화가 난 신문 판매원은 슈아우지아를 때렸고, 제스퍼도 발로 찼다. 제스퍼는 깽깽 짖어댔다.

그녀는 제스퍼를 끌고 가다, 가게 밖에다 물건을 내놓고 있던 아프간 골동품 상인과 다시 부딪쳤다. 그 사람도 그들에게 고함을 쳤다.

"난 이곳이 싫어."

슈아우지아는 무릎을 꿇고 제스퍼를 내려다보면서 말했다.

그리고 제스퍼의 부드러운 털에 얼굴을 깊이 묻고 강아지 특유의 좋은 냄새를 맡았다. 이 세상은 온통 구역질나는 어른들뿐이고, 마음에 드는 사람은 단 한 명도 없었다.

그들은 또 걸었다. 그녀는 어딘가에 앉아서 잠시 쉬고 싶었지만 그때마다 어김없이 쫓겨났다.

슈아우지아는 번화가를 벗어나 옛 시장의 좁고 어두운 거리를 배회하고 다녔다. 마침내 그녀는 기찻길로 인해 시장이 끊긴 곳에 앉아서 햇볕을 쬘 수 있었다.

그곳에도 역시 사람들이 많았지만 시장에서처럼 다닥다닥 붙어있지는 않았다. 슈아우지아는 겨우 숨을 돌렸다. 잠시 뒤 그녀와 제스퍼는 몸을 일으켜 기찻길을 따라 걸었다.

염소떼와 꼬리가 통통한 양들이 잡초더미에다 코를 쑤셔대는 모습이 보였다. 한 아프간 가족은 기찻길 옆 지저분한 곳에다 집을 지어놓았다. 한 파키스탄 행상인은 고객들이 잘 볼 수 있도록 커다란 비닐 시트에 찢어진 미키마우스 스웨터와 트위

드 치마를 진열해 놓았다. 또 배기가스, 배설물, 그리고 여기저기 음식을 해 먹으려고 피워놓은 불에서 피어오르는 연기로 퀴퀴한 냄새가 진동했다.

아프간 아이들은 커다란 파란색 배낭을 질질 끌고 다니면서 쓰레기더미를 뒤지고 있었다. 슈아우지아는 기찻길에서 한동안 그들을 지켜보았다. 제스퍼는 꼬리를 흔들며 끈을 세게 잡아당겼다. 그녀는 제스퍼를 놓아주었다. 제스퍼는 아이들에게 달려가서 꼬리를 흔들고 코로 아이들을 밀치며 응석을 부렸다.

남자 아이들 네 명과 여자 아이 한 명이 제스퍼와 인사하는 동안 슈아우지아는 멀리서 머뭇거리기만 했다. 어린 여자 아이는 자기만한 덩치의 제스퍼를 무서워했지만 제스퍼가 그녀를 핥자 깔깔대고 웃었다. 슈아우지아는 여자 아이가 제스퍼를 더는 무서워하지 않는다는 것을 알 수 있었다.

"얘는 제스퍼야. 옛날 페르시아 이름이야."

슈아우지아는 기찻길을 벗어나면서 아이들에게 말했다.

"재주도 부릴 수 있어?"

남자 아이가 물었다.

"물론이지, 아주 영리한 개거든. 제스퍼, 앉아!"

슈아우지아는 제스퍼에게 재주를 부리도록 했다. 아이들은 가방을 한쪽에 내려놓고, 막대기를 던져서 제스퍼가 쫓아가 가져오는 모습을 보면서 놀았다.

남자 아이 두 명은 슈아우지아와 같은 또래로 보였고, 다른 두 아이는 여덟이나 아홉 살쯤 되어 보였다. 여자 아이는 다섯 살가량 된 것 같았다. 그 여자 아이와 가장 작은 남자 아이는 신발을 신고 있지 않았다. 슈아우지아는 어떻게 그들이 맨발로 다닐 수 있는지 궁금했다.

또 쓰레기더미에서 무엇을 찾고 있었는지 궁금해서 가방 하나를 집어들어 안을 들여다보았다.

"내 거야! 훔치려고 그러는 거지?"

한 아이가 슈아우지아를 세게 밀치며 가방을 빼앗았다. 그녀는 바닥에 나가떨어져서 돌멩이에 손바닥을 긁혔다.

제스퍼는 쏜살같이 그녀의 옆으로 가서 소년을 보고 사납게 짖어댔다.

"훔치려는 게 아니야. 무엇을 모았는지 보고 싶었을 뿐이야."

슈아우지아가 주장했다. 그녀는 제스퍼를 진정시키려고 천천히 쓰다듬었다.

슈아우지아가 일어서자 제스퍼도 그만 짖는 것을 멈췄다. 여자 아이가 제스퍼에게 다가오자 제스퍼는 언제 그랬냐는 듯이 다시 꼬리를 살랑살랑 흔들었다.

"너 한 번도 고물수집 안 해 봤어?"

슈아우지아를 밀은 소년이 눈을 껌벅이며 물었다.

"넌, 내가 고물이나 수집하는 사람으로 보이니?"

슈아우지아는 몸을 털면서 쏘아붙이듯이 말했다.

"난 직업이 있어."

"무슨 직업?"

"적당한 직업."

"그럼, 가서 일이나 하지? 우리 물건을 훔치려 하지 말고."

슈아우지아는 소년의 가방을 발로 찼다.

"안에 훔칠만한 물건은 아무것도 없으면서."

"너 지금 아무것도 아니라고 말했어?"

남자 아이는 가방을 잡고 슈아우지아의 코밑에서 흔들어대며 안에 있는 물건들을 꺼냈다.

"플라스틱 병 세 개, 신문, 그리고 양철 깡통 두 개가 있어. 네가 모은 것보다 훨씬 나아!"

"두고 보면 알겠지."

슈아우지아가 대답했다.

"이건 우리가 모은 거야. 왜 우리가 너와 나눠야 하니?"

다른 아이가 말했다.

"내 개는 감시견이야. 우릴 괴롭히는 사람은 다 공격해."

슈아우지아가 말했다.

슈아우지아를 민 아이는 최근에 싸움을 했는지 얼굴에 퍼렇게 멍이 들어 있었다.

"감시견이라고?"

아이가 말했다.

"그렇게 사나워 보이지는 않는데?"

아이는 잠시 망설였다.

"제스퍼가 무섭지 않다면 가서 쓰다듬어 봐."

슈아우지아가 말했다.

"좋아, 그러지 뭐."

남자 아이는 몸을 구부리고 손을 내밀었다. 제스퍼가 으르렁거리자 남자 아이는 뒤로 물러섰다.

"괜찮아, 제스퍼."

슈아우지아가 소년의 어깨에 손을 얹으면서 말했다.

"가서 귀여워 해줘. 네가 내 친구라는 걸 알고 있으니까 이젠 널 해치진 않을 거야."

남자 아이는 손을 내밀었다. 제스퍼는 코를 킁킁거리더니 그 손을 얼굴로 밀어버렸다.

"내가 어젯밤에 좁은 골목길에서 잠을 자고 있었는데, 글쎄 어떤 남자들이 나를 잡아가려고 하는 거지 뭐야! 그때 제스퍼가 나를 도와 그놈들을 쫓아냈어."

슈아우지아가 자랑스럽게 말했다.

"저 개가 우리도 보호해 줄까?"

한 여자 아이가 물었다.

"물론이지. 기꺼이 그렇게 할 거야, 그렇지 제스퍼?"

제스퍼는 꼬리를 너무 많이 흔들어 지쳤는지 가만히 있었다.

"난 자히르야."

얼굴에 멍이 든 아이가 말했다. 다른 아이들의 이름은 아잠, 유세프, 그리고 구람이었고 여자 아이는 루리였다.

"난 슈아피크야."

슈아우지아는 남자 이름으로 대답했다.

"내가 아는 한 아이는 그런 식으로 남자들한테 잡혀갔어. 그놈들이 그 아이를 가두고 뱃속에서 뭘 꺼낸 다음에 풀어줬어."

자히르의 말을 듣고 슈아우지아가 물었다.

"그 애는 아직 살아있어?"

"며칠간은 살아 있었어."

"그렇지만 결국 죽었어!"

곁에 있던 유세프가 덧붙였다.

"빨리 내 가방을 봐."

자히르가 가방을 건넸다.

슈아우지아는 두꺼운 종이, 신문, 병, 깡통 등 그들이 모은 물건을 보았다.

"이걸 고물장수에게 팔 거야."

자히르가 말했다.

"다는 아니야. 어떤 것은 집으로 가져가서 밥해 먹는 데 사용해."

이번에는 구람이 말했다.

"가족이 있니?"

슈아우지아가 다시 물었다.

"구람과 루리는 삼촌 가족과 함께 살고, 나머지는 혼자야."

유세프가 말했다.

"나도 혼자야. 이걸로 얼마나 벌어?"

슈아우지아가 말했다.

"한 5루페 정도. 아니 10루페. 너도 하고 싶으면 같이 하자."

자히르가 말했다. 슈아우지아는 할 일을 찾게 되어서 정말로 운이 좋다고 생각했다. 그녀는 그들에게 가담해서 사람들이 내다버린 쓰레기를 샅샅이 뒤졌다. 슈아우지아는 쓰레기 안으로 발을 집어넣으려고 하였다.

"안 돼, 그러면 안 돼."

루리가 말했다. 루리는 아이스크림 가게에서 버린 말라빠진 콘을 우적우적 씹고 있었다.

"손으로 해야 해."

루리는 슈아우지아에게 쓰레기더미 안을 잘 파서 쓸만한 물건을 고르는 방법을 가르쳐주었다.

쓰레기 냄새가 고약했지만 슈아우지아는 상관하지 않았다. 예전에도 몇 달간 양들과 함께 살았으니까. 파리와도 친숙해졌다. 슈아우지아는 쓰레기 안을 잘 파서 땅 위로 물건들을 던졌다. 그런 후 루리 가방 속에다 찾은 종이나 넝마 등을 넣었다.

슈아우지아는 내일 다른 일거리를 찾을 생각이었지만, 오늘은 이 아이들과 함께 있고 싶었다.

뛰어난 후각을 가진 제스퍼는 쓰레기에서 코를 벌름거리면서 먹을 것을 찾는 데는 도사였다. 슈아우지아도 그리 서툴지는 않았다. 부서진 나무상자에서 종이와 나무 조각을 찾았고, 빈 양념 통과 과자 봉지도 찾았다. 과자 봉지 안에는 먹다 남은 과자부스러기가 조금 들어있었다!

"야! 먹을 거다!"

슈아우지아가 소리쳤다.

다음 순간 슈아우지아는 쓰레기더미 안으로 곤두박질쳤다.

"먹을 건 다 내게로 갖고 와야 해."

자히르가 공중에 과자 봉지를 높이 쳐들면서 말했다.

그러나 슈아우지아는 배가 고팠고, 그런 지시를 받는 게 싫었다. 슈아우지아는 아무 생각없이 튀어올라 자히르를 덮쳤다. 그들은 서로 때리면서 쓰레기더미에서 나뒹굴었다. 제스퍼도 컹컹 짖어대면서 합세했고, 다른 아이들은 그 와중에 땅에 떨어진 과자 조각을 잽싸게 주워 먹었다.

슈아우지아와 자히르는 승자를 판가름하기도 전에 힘을 다 써버렸다. 그들은 쓰레기더미에 앉아서 몸에 붙은 지저분한 것을 털어내면서 서로 노려보았다.

"너 다시는 나한테서 뭐든지 빼앗아 가지 마."

슈아우지아가 버럭 화를 냈다.

"야, 넌 여기서 누가 대장인지 잊지 마."

자히르도 따라서 화를 냈다.

어쨌든 과자가 다 없어진 뒤에야 그들은 휴전했고, 다시 쓰레기를 분리하기 시작했다.

오후 늦게 제일 작은 아이가 기다란 끈을 찾아냈다. 아이는 그 끈을 비닐 가방 손잡이에 묶어서 기찻길 옆 황무지를 따라 쿵쿵 소리를 내며 뛰어갔다. 가방은 아이 뒤에서 새처럼 훨훨 날았고, 사람들은 진흙 속에서 집을 짓고 있었다.

슈아우지아가 보기에 그 모습은 참으로 아름다워 보였다.

루리가 작은 팔을 제스퍼 목에다 두르며 끌어안으려 할 때쯤 태양은 하늘에 낮게 떠 있었다.

"그만 가야 해."

루리가 말했다.

슈아우지아는 루리가 구암의 손을 잡는 것을 보았다. 구암은 고물가방을 어깨에 메고 동생의 손을 잡고 걸어갔다.

다른 아이들도 가방을 어깨에 메고 다른 방향으로 걸어가기 시작했다.

"안 갈거니? 아니면 뭐 중요한 일이라도 있어?"

자히르가 돌아보며 소리쳤다.

아이들이 웃었다. 슈아우지아는 마음이 상했지만 그런 건 신경을 쓰지 않기로 했다. 슈아우지아는 제스퍼를 내려다보며 어깨를 으쓱해 보이고는 아이들을 따라잡으려고 뛰기 시작했다.

초저녁에 그들은 가방에 고물 조각들을 주워 던지면서 짐승들처럼 페샤와르를 배회하고 다녔다.

"돈 좀 줘요!"

아이들은 만나는 사람마다 고함을 쳤다. 사람들이 무서워서 도망가자 웃으면서 더 큰 소리를 냈다. 슈아우지아는 뒤를 따라가면서 소리치지는 않았지만 친구가 생긴 것이 매우 기뻤다.

밤이 차츰 깊어지자 아이들은 커다란 호텔 근처에 도착했다. 호텔을 본 슈아우지아는 너무 놀라 입이 딱 벌어졌다.

"저게…… 궁전이야?"

슈아우지아가 물었다.

아이들은 나무 뒤에 숨어서 길 건너편 호텔을 바라봤다 커다란 흰색 건물이 조명을 받아 보석처럼 반짝였다. 호화롭게 치장한 오색 꽃길로는 화려한 자동차들이 미끄러지듯 들어갔다. 정문에서는 세련된 유니폼을 입은 남자가 친절하게 안내하고 있었다.

"야, 저건 호텔이야, 너 호텔이 뭔지 아니?"

자히르가 물었다.

"그럼 당연히 알지."

슈아우지아는 거짓말을 했다. 그녀가 살던 아프가니스탄에는 이런 곳이 없었다.

"그런데 여기서 뭐할 건데?"

슈아우지아는 자갈에 무릎을 꿇고 앉아 있어서 불편했다.

"연회장에 있는 저 불빛 좀 봐."

자히르는 호텔 옆으로 튀어나와 있는 길고 낮은 건물을 가리켰다.

"오늘밤 큰 파티가 있다는 뜻이야"

"그게 어쨌다는 거야?"

자히르는 슈아우지아의 멍청함에 한숨을 쉬었다.

"남은 음식을 기다리는 거지. 너 배 안 고파?"

아이들은 나무 사이에 고물가방을 숨기고, 총총걸음으로 호텔 뒤로 갔다. 슈아우지아는 금속과 유리가 부딪치는 소리와 물이 흐르는 소리를 들었다. 열린 주방문 사이로 새어나오는 음식 냄새가 코를 찔렀다. 슈아우지아의 위는 배고픔으로 요동쳤다.

잠시 후에 주방 사람들이 뒷문으로 커다란 쓰레기통 몇 개를 들고 나왔다. 사람들은 그 통을 뒷벽에 내려놓고 그 위에 돌을 쌓았다.

"왜 저렇게 해?"

슈아우지아가 물었다.

"우리를 들어오지 못하게 하려고 그러는 거야. 그렇다고 못 들어가나. 우리가 훨씬 더 똑똑한 걸."

주방 사람들이 안으로 들어가자 슈아우지아와 소년들은 쓰레기통 위로 기어 올라갔다. 슈아우지아는 자갈 위에 무릎을 꿇고 앉아 있어서 다리에 상처가 났다. 그래서 다리를 약간 절었다. 제스퍼는 영리했기 때문에 조용히 있었다.

소년들은 조용히 쓰레기통 위에 올려놓은 돌을 내렸고, 슈아우지아도 그 일을 도왔다. 아이들은 가볍게 쓰레기통을 넘어뜨렸다. 그들은 마구 구겨진 냅킨을 집어던지며 쓰레기를 파헤쳐서 찬밥과 살이 조금 붙어있는 닭뼈와 그 밖의 음식을 찾아냈다.

닭뼈는 개에게 좋지 않기 때문에 슈아우지아는 뼈에 붙은 고기를 떼어서 제스퍼에게 주었다. 그러나 제스퍼는 혼자서 벌써 먹을 것을 많이 찾아내었다.

슈아우지아는 될 수 있는 대로 빨리 입안으로 음식을 쑤셔 넣었다. 양고기 연골 덩어리, 다진 작은 고깃덩어리, 향신료를 넣어 기름으로 튀긴 감자 등을 입안에 마구 넣어 게걸스럽게 먹었다. 한 손으로 음식을 먹으면서 다른 손으로는 음식을 찾느라고 쓰레기를 뒤지고 있었다. 입안에서 담배꽁초와 밥 한줌이 섞이자 이빨로 꽁초를 발라 뱉어낸 다음, 계속해서 먹었다.

주위에는 온통 배고픈 아이들이 쩝쩝 씹어대는 소리밖에 들리지 않았다.

"야 이놈들아! 당장 꺼져 아니면 경찰을 부를 테다!"

주방 사람들이 뒷문에서 나와 아이들에게 소리쳤다.

슈아우지아는 급히 도망가려고 했지만 아이들은 다 함께 소리를 질러댔다. 아이들은 뼈와 쓰레기를 주방 사람들에게 던졌고, 제스퍼는 짖어댔으며 쓰레기는 공중으로 날아다녔다. 슈아우지아도 음식 한줌을 쥐어 던졌고, 주방 사람들은 날아오는 음식을 막느라고 손을 쳐들었다. 슈아우지아는 웃음이 나왔다.

소리를 마구 지르며 물건을 던지자 기분이 좋아졌다. 슈아우지아는 언제 이렇게 소리를 질렀는지 기억이 나지 않았다. 목동이었을 때는 바보 같은 양이 무서워할까봐 작은 소리도 제대로 내지 못했으며, 카불에서는 괜히 관심을 끌어 탈레반이 자신이 여자라는 사실을 알게 될까봐 큰 소리를 내지 못했다.

그런데 이곳에서는 소리를 지를 수 있었고, 또 그렇게 했다. 정말로 신나는 시간이었다.

주방 사람들은 잠시 안으로 들어갔다가 다시 프라이팬과 그릇 뚜껑을 들고 나왔다. 슈아우지아는 경비원이 총을 들고 오는 것을 보았다.

아이들은 흩어져 멀리 도망쳤다. 다시 조용해지자 아이들은 고물 가방이 있는 곳으로 모여들어 잠잘 곳을 찾아보았다.

슈아우지아는 그날 밤 아이들과 함께 지냈다. 그들은 고약한 냄새가 나는 계단에서 뒤죽박죽 엉켜서 잠을 잤다. 제스퍼는 그들의 감시견이 되었고, 맡은 임무를 충실히 수행했다.

6
구걸

슈아우지아는 부자들이 다니는 식료품 가게에 서 있었다. 그녀는 좋은 물건들이 일렬로 나열된 곳 위에 살짝 손가락을 올려놓았다. 포장지에 그림이 붙어 있는 것은 좋은 물건이란 뜻이다. 케이크, 초콜릿을 칠한 과자, 고기, 치즈 그리고 한 번도 보지 못한 더 좋은 음식들.

정말로 물건이 많았다! 슈아우지아가 자신과 제스퍼를 위해 물건 몇 개를 가져간다 해도 누가 신경 쓰겠는가? 그래도 여전히 많은데!

슈아우지아가 손가락을 말아서 생선 그림이 있는 통조림 주위로 가져가자 입에 침이 가득 고였다. 물건을 선반에서 가방으로 옮기기는 꽤 쉬워 보였다.

"또 너로구나!"

힘센 손이 맹수의 발톱처럼 슈아우지아 어깨를 꽉 잡았다. 그녀는 생선통조림을 내려놓았고, 가게 밖으로 떠밀렸다.

"널 쫓아내는 게 오늘만 네 번째야. 한 번만 더 나타나면 경찰을 부를 거야."

가게 점원은 슈아우지아를 힘껏 문밖으로 내팽개쳤다. 그녀는 도로에 넘어졌고 동시에 잔인한 페샤와르의 더위를 느꼈다. 상점은 마치 눈으로 둘러싸인 것처럼 시원했다.

슈아우지아는 바닥에서 일어나 화를 내며 까진 손과 발을 번갈아 보았다. 슈아우지아는 화려한 가게 문 옆에 바짝 붙어 서 있었다. 그러면 부자들이 들락날락할 때마다 그 안에서 새어나오는 시원한 공기를 맡을 수 있었다.

제스퍼는 가게 옆 조그마한 그늘에서 몸을 쭉 펴고 누워 있었다. 제스퍼는 더위에 지쳐서 슈아우지아가 쫓겨났을 때 간신히 으르렁거렸다.

슈아우지아는 그늘에 있을 수가 없었다. 그렇게 되면 사람들에게서 너무 멀리 떨어져 있어야 하기 때문이다.

"조금만 도와주세요."

그녀는 가게에서 나오는 남자에게 말했다. 남자는 뻗은 손 옆을 그냥 지나갔다. 조금 전에 구겨진 2루페짜리 지폐를 준 여자도 다시 지나갔다. 슈아우지아는 종일 6루페를 벌었다.

"난 이 일이 너무 싫어. 나한테 친절하지도 않은 사람들에게 굽실거리는 게 정말 싫어. 뭘 구걸하는 것도 싫어. 아예 지나가는 사람 돈을 확 빼앗아 버릴 거야."

슈아우지아가 제스퍼에게 말했다.

제스퍼는 별로 특별한 말이 아니라는 듯 눈동자만 굴려댔다. 제스퍼는 요즘 이런 얘기를 자주 들었다.

슈아우지아는 가게 안 선반에 일렬로 진열된 맛있는 음식들을 볼 때마다 현기증이 났다. 그곳에서 장을 보려면 돈이 많아야 했다. 돈이 많은 사람들은 분명히 자신에게 조금 나눠주는 것을 꺼리지 않을 것이다.

그러나 부자들이 가난한 사람들보다 더 너그럽지는 않았다.

슈아우지아는 사람들에게 돈뿐만 아니라 일거리도 달라고 말하기도 했지만 아무도 그 말에 귀 기울이지 않았다. 구걸하는 것보다 차라리 일하는 것이 더 나았다. 구걸은 자신을 비참하게 만들었다.

서양 옷을 입은 부부가 남자 아이 두 명과 함께 흰색 밴에서 내려서 채소가게를 향해 주차장을 건너왔다. 슈아우지아는 그들을 보고 손을 내밀었다.

"어머, 개 좀 봐!"

두 아이가 제스퍼에게로 달려왔다. 제스퍼는 즉시 발을 들어 꼬리를 흔들었다.

"조심해, 애들아. 낯선 개잖아."

남자가 말했다.

슈아우지아는 그들이 말하는 영어를 알아들었다. 새삼스럽
게 학교에서 배운 영어 단어가 떠올랐다.

"His name is Jasper." 이 애는 제스퍼야.

슈아우지아가 영어로 말했다.

남자와 여자는 두 아들을 설득해서 가게로 들어가려고 하였다.

"I need work." 저는 일거리를 찾고 있어요.

슈아우지아가 말했다. 그들이 돈을 줄 것을 대비해서 손도
내밀었다.

"넌 영어를 아주 잘하는구나."

여자가 천천히 말하더니 슈아우지아의 손 위에 10루페짜리
지폐를 놓았다.

"자, 애들아 안으로 들어가자."

아주 맘에 들어, 슈아우지아는 주머니에 돈을 넣으면서 생각
했다. 그 가족이 장을 보고 나오자 아이들은 다시 제스퍼를 향
해 곧장 달려왔다.

"엄마, 집에 데려가도 되나요?"

한 아이가 물었다.

"이 개는 저 아이 거야."

여자가 말했다. 남자 아이가 아랫입술을 깨물며 제스퍼를 꽉 껴안자 제스퍼는 소년에게서 떨어져 몸을 떨었다.

남자가 슈아우지아에게 또 10루페를 주었다.

"개에게도 음식을 좀 사주렴."

그리고서 그들은 밴으로 돌아가 차를 타고 떠나버렸다.

슈아우지아와 제스퍼는 그날 내내 식료품 가게밖에 있었지만 아주 조금밖에는 더 벌지 못했다. 슈아우지아는 다진 고기와 낸을 좀 샀다. 그런 후 아이들을 만나러 갔다.

그들은 오래된 기독교 공동묘지를 아지트로 사용하였다. 낮에도 그늘이 지고 시원했으며, 밤에는 잡초 위에서 지는 것이 딱딱하지 않아서 좋았다. 묘비에는 인도 사람을 죽인 영국 군인들의 묘지라고 쓰여 있는 것 같았다. 슈아우지아는 그것이 어떤 전쟁이었는지도 몰랐고, 그 중요성조차도 알 수 없었다.

"오늘은 어땠어?"

자히르가 물었다. 슈아우지아는 낸 봉지를 들어보였다. 그러나 얼마나 벌었는지는 말하지 않았다.

한 아이가 노인의 카라치에서 훔친 오렌지를 갖고 왔다. 그들은 가지고 온 음식을 나누어 먹었다. 자히르는 다른 아이들에게 남은 음식을 내놓으라고 명령했지만 슈아우지아를 성가시게 하지는 않았다.

"안녕, 나도 끼워줄래?"

작은 아이가 파란색 고물가방을 발밑에 놓은 채 묘지 울타리 밖에 서 있었다.

"물론, 이리로 넘어와."

자히르가 소년에게로 갔다.

슈아우지아는 무슨 일이 일어날지 알고 있었다.

"우선 네 가방부터 던져. 그래야 울타리로 올라오기가 쉬워."

자히르가 제안했다.

낯선 소년은 자히르한테 가방을 던졌다. 자히르는 소년이 거의 울타리 꼭대기까지 올라올 때까지 기다리고 있다가 재빨리 소년을 길가로 심하게 밀어버렸다. 소년은 몇 번을 더 시도하다가 가방만 빼앗겼다는 사실을 알게 되었다. 그러나 소년은 어찌할 도리가 없었다.

슈아우지아는 고물가방을 빼앗는 일에 가담하지는 않았지만 그 소년을 돕는 일 또한 하지 않았다. 자히르와 싸우는 것은 두렵지는 않았지만 그녀는 자신을 믿어줄 사람이 필요했다. 하지만 그런 방법만으론 결코 바다로 가지 못할 것이다.

"나 스스로 돌봐야 해. 제스퍼도 마찬가지고."

슈아우지아는 십자가와 묘비 사이에 자리를 잡으면서 제스퍼에게 속삭였다. 그리고는 잠이 들었다.

아침마다 슈아우지아는 묘지에서 나왔다. 가끔씩 제스퍼를 데리고 나오기도 했지만 대부분 강아지를 그늘에 두고 오래된 교회 근처에서 떠온 물을 그 옆에 놓고 나왔다. 그리고 일자리를 찾아온 사람들의 차를 공짜로 얻어 타거나 대부분은 걸어서 사다르 바자르까지 갔다.

페샤와르를 아주 많이 돌아다닌 결과 빠르게 그 도시를 익히게 되었다. 어떤 사람이 자신에게 일거리를 주는지, 어느 가게가 저녁때 거지에게 음식을 주는지, 어떤 호텔에 부술 수 있는 쓰레기통이 있는지를 알게 되었다. 또 수돗물은 어디에 있으며, 어디에서 씻어야 하고, 어디에서 물을 마셔야 하는지, 어느 공원에서 한낮의 뜨거운 열기를 피해 낮잠을 잘 수 있는지, 어느 공원에 자신을 내쫓는 경비원이 있는지도 알게 되었다.

운이 좋은 날은 일했고, 그렇지 않은 날은 구걸했다. 아주 조금씩 주머니에 돈이 쌓이고 있었다.

"우리는 점점 바다에 가까워지고 있어."

어느 날 저녁 슈아우지아는 제스퍼에게 말했다. 그런 후 제스퍼에게 돈 꾸러미를 보여주었다. 제스퍼는 코로 쿵쿵 냄새를 맡은 다음 꼬리를 흔들었다. 다시 돈을 주머니 속에 집어넣고, 아이들이 돌아와서 들키기 전에 얼른 셔츠 안에 숨겼다.

"우린 이 애들을 잘 모르잖아. 우리가 아는 것은 게네들이 배고프다는 것과 배고픈 사람은 믿을 수 없다는 거야. 내가 돈 있는 걸 알면 내 돈을 훔칠 거야. 내가 그들에게서 훔친 방법으로. 그래, 아마 그럴 거야."

슈아우지아가 제스퍼에게 말했다.

소년들 모임에는 여러 아이들이 들락날락하였다. 그래서 슈아우지아는 항상 그들의 이름을 모두 알지는 못했다. 자신에 대해 얘기를 많이 하는 아이들은 하나도 없었다. 어쩌면 말할 수 없을 정도로 힘든 이야기일 수도 있다.

"돈 좀 주세요."

슈아우지아는 이 말을 다리어, 파슈토어, 파키스탄어, 그리고 영어로 말할 수 있게 되었다.

"구걸하는 건 죽도록 싫지만 일요일마다 여기에 올 가치는 있어."

슈아우지아는 제스퍼에게 말했다.

여기는 외국인들이 많이 사는 대학 근처 햄버거 집이다. 음식을 사고 싶은 사람들은 밖에 서서 창문을 통해 주문했다. 사람들은 주문한 다음엔 아무 할일 없이 제스퍼가 재주부리는 모습을 지켜보곤 했다.

주문한 햄버거를 갖고 오는 가게 주인은 제스퍼가를 좋아했다. 주인은 제스퍼에게 물과 다진 고깃덩어리를 주었다.

"오늘은 햄버거를 조금 작게 만들어야지. 손님들이 눈치를 챈다고 해도 괜찮아. 모두 선불로 받았으니까!"

슈아우지아는 제스퍼가 먹을 수 있는 것이 기뻤다. 슈아우지아도 고기를 먹고 싶었지만 달라고 하지도 않았고 주지도 않았다.

슈아우지아는 그곳이 교회인지 피자집인지 아니면 제스퍼의 놀이 집인지는 판단할 수 없었지만 아무튼 일요일마다 항상 그곳에서 돈을 많이 벌었다. 어떨 때는 일해서 번 돈보다 더 많을 때도 있었다.

햄버거 집에는 단골손님도 많았다. 슈아우지아는 그들을 기억했다. 그들도 제스퍼에게 먼저 인사를 건네는 걸 보면 적어도 제스퍼를 기억하는 것 같았다.

슈아우지아는 항상 사람들이 돈과 함께 피자 한 조각만 주기를 바랐지만 그러는 사람은 없었다. 식료품 가게에서 처음으로 만난 흰색 밴을 탄 부부처럼 자주 보는 사람들조차도 그러지 않았다. 그들의 두 아들은 자주 제스퍼와 놀다가 집에 갔다.

"한 푼만 주세요."

슈아우지아는 소리쳤다.

"돈을 갖고 싶니?"

옆으로 다가오면서 한 남자가 물었다.

무슨 어른이 이런 바보 같은 질문을 해.

슈아우지아는 생각했다.

"예, 돈이 필요해요. 또 일거리도 찾고 있어요."

슈아우지아는 손을 내밀면서 정중하게 대답했다.

남자는 슈아우지아에게 100루페짜리 지폐를 건넸다.

슈아우지아는 눈이 얼굴에서 튀어나오려고 했다. 한 번도 이렇게 큰 액수의 돈을 만져 본 적이 없었다.

"나와 함께 가자. 일거리를 주마. 그리고 돈도 더 줄게."

남자가 말했다.

"오, 감사합니다. 열심히 일하겠어요. 자, 가자 제스퍼."

슈아우지아는 몸을 구부려 제스퍼의 끈을 집어들었다.

"개는 내버려둬라."

남자가 말하면서 슈아우지아의 팔을 잡았다.

제스퍼는 으르렁거렸다.

슈아우지아는 제스퍼를 안심시키려고 몸을 구부리려고 하였으나 남자가 팔을 꽉 잡고 차로 향했다.

"잠깐만요! 내 개 좀 보고요."

슈아우지아가 말했다.

그러나 남자는 멈추지 않았고 슈아우지아를 더 꽉 잡았다.

"아파요!"

슈아우지아는 소리 질렀다. 겁에 질린 목소리를 들은 제스퍼는 남자를 향해 사납게 짖었지만 남자는 계속해서 슈아우지아를 끌고 갔다.

"싫어요!"

슈아우지아는 끌려가지 않으려고 했다.

"가고 싶지 않아!"

사람들이 모이기 시작했다. 사람들이 경찰을 데려왔다.

"무슨 일이야?"

경찰이 물었다.

"이 애가 내 돈 100루페를 훔쳤어요."

남자가 말했다.

"난 훔치지 않았어요! 이 사람이 준 거예요! 날 차로 끌고 가려고 했어요. 난 가기 싫어요.

슈아우지아가 소리쳤다.

"수색해 봐요. 분명히 100루페짜리 지폐가 있을 테니끼."

남자가 말했다.

슈아우지아는 자신이 수색당하는 걸 원치 않았다. 그러면 나머지 돈도 다 빼앗길 테니까. 슈아우지아는 주머니에서 지폐를 꺼내 남자에게 건네주었다.

"도로 가져요."

경찰 한 사람이 그것을 받았다.

"증거야."

경찰이 말했다.

그리고 그들은 슈아우지아를 붙잡았다. 제스퍼는 미친 듯이 짖어대며 경찰을 덮쳤다.

슈아우지아는 비명을 지르며 저항하려고 하였지만 힘에 부쳤다. 그들은 슈아우지아를 경찰차 안에다 집어던졌다.

슈아우지아는 차 창문으로 다른 경찰들이 제스퍼를 마구 발로 차는 것을 보았다. 그리고 경찰차는 그들을 앞질러 갔으며 아무것도 더는 볼 수 없었다.

7
교도소에서

 "주머니에 있는 거 다 꺼내 놔."

경찰이 책상 위를 가리켰다. 슈아우지아는 방에 있는 사람들을 둘러보았다. 머리 위에는 선풍기가 돌아가고 있었고, 주위에는 모두 남자뿐이었으며 그들은 커다란 책상 뒤에 앉아서 음료수를 마시면서 자신을 지켜보고 있었다. 슈아우지아는 이 방에서 유일한 아이였다. 그녀는 점점 더 자신이 작아지는 느낌이었다.

"난 잘못한 게 없어요!"

슈아우지아는 경찰에게 잡힌 이후 계속 주장했다.

"주머니에 있는 거 다 꺼내 놔!"

경찰이 말했다.

"네가 안 하면 우리가 하지."

슈아우지아는 떨리는 손으로 그날 구걸해서 번 돈과 사진을 주머니에서 꺼내 책상 위에 놓았다.

경찰은 라벤더 들판 사진을 펼쳐 보았다. 경찰은 그것을 사람들에게 돌리더니 다시 접었다.

"이건 갖고 있어도 돼."

경찰이 말했다. 그때 경찰은 그녀가 목에 건 끈을 보았다.

"목에 건 것은 뭐야?"

슈아우지아는 경찰이 한 소리를 못 알아들은 척하였지만 아무런 소용이 없었다. 경찰은 손을 뻗어 그녀의 목에서 돈주머니를 벗겼다. 경찰은 주머니를 열어서 앞에 있는 책상 위에 돈을 다 쏟았다.

슈아우지아는 돈을 노려보았다. 그것은 자기가 열심히 일해서 번 돈이었으며 자신을 바다로 데려다 줄 돈이었다.

경찰은 손으로 돈을 한 번에 휩쓸어서 서랍 속으로 넣어 버렸다.

"그건 내 거야!"

슈아우지아가 소리쳤다.

"뭐가?"

"그 돈, 내 거란 말이야!"

"너 같은 애가 이렇게 많은 돈으로 뭘 할 건데? 도둑놈 주제에!"

슈아우지아는 돈을 찾으러 책상 위로 뛰어오르려고 하였지만 책상은 너무 높았고, 경찰도 너무 컸다. 경찰들은 슈아우지아를 번쩍 들어 수용실로 던져 버렸다.

슈아우지아는 무언가 부드러운 것 위로 떨어졌지만 벌떡 일어나 감방 창살을 붙잡고 비집고 나가 보려고 애썼다.

"내 돈을 빼앗아 갈 순 없어! 내가 번 거라고! 내 거란 말이야!"

슈아우지아가 소리쳤다.

경찰 한 명이 슈아우지아가 불끈 쥔 주먹에서 몇 센티 떨어지지 않은 창살을 몽둥이로 내리쳤다.

"조용히 해 그렇지 않으면 아무도 저녁은 못 먹을 줄 알아"

"내 돈을 돌려줘!"

슈아우지아는 경찰이 돌아설 때 등 뒤에다 대고 소리질렀다.

"그만 좀 소리쳐. 경찰을 화나게 해봤자 우리만 손해라고!"

뒤에서 목소리가 들려왔다.

슈아우지아는 뒤를 돌아보았다. 수용실에는 많은 남자 아이들이 있었다. 대부분 슈아우지아보다 나이가 들어 보였다. 어떤 아이는 비슷한 또래이거나 약간 어려보였다. 아이들은 슈아우지아를 노려보며 바닥에 앉아 있었다.

"씨, 저놈들이 날 화나게 했어. 자기들이 화내면 내가 눈이나 깜짝할 줄 알아!"

슈아우지아는 창살을 발로 차면서 대답했다.

"경찰한테 우리 모두 혼난다니까!"

"그러니 앉아서 입이나 닥치고 있어. 아니면 우리가 닥치게 해줄 테니까"

슈아우지아는 바닥에 앉았다. 아이들이 슈아우지아에게 공간을 내주려고 약간씩 움직였다.

"돈을 꼭 찾고 말테야."

슈아우지아는 조용히 말하면서 떨지 않으려고 무릎을 끌어안았고, 울지 않으려고 한 곳을 노려보았다.

"네가 돈을 빼앗겼다는 증거가 있어?"

한 아이가 물었다.

"네가 돈을 가지고 있었다는 증거라도 있어?"

다른 아이가 또 물었다.

"도로 찾을 거야."

슈아우지아는 반복해서 말했다. 아이들 몇몇이 그냥 웃기만 했다.

너희는 날 몰라, 너희는 내가 얼마나 결의에 차 있는지 모르기 때문에 웃는 거야, 슈아우지아가 생각했다.

슈아우지아는 막연한 공포와 분노로 오후 내내 고통스러웠다. 그러나 수용실에서 편하게 있다는 것은 어차피 불가능했다. 교도소는 후끈 달아오르는 공기로 가득 차 있었고 움직일 수조차 없었다. 슈아우지아는 눕고 싶었다. 아니면 뭔가에 등이라도 기대던가, 아니면 다리라도 쭉 펴고 싶었지만, 수용실 시멘트 바닥에는 아이들이 너무 많았다.

곧 다리에 쥐가 났고 등이 쑤셔왔다. 수용실은 씻지 않은 아이들과 주위의 더러움으로 악취가 났다. 슈아우지아는 숨을 쉬기가 어려웠으며, 다른 아이들은 이곳을 어떻게 견디는지 궁금했다.

아마도 애들은 이곳에 아주 오랫동안 있어서 익숙해졌을 거야, 내가 양에게 익숙해졌던 것처럼, 슈아우지아는 생각했다.

슈아우지아는 수용실에 그렇게 오래 머물지 않기를 바랐다.

처음 몇 시간 동안 슈아우지아는 전화벨이 울린다든가, 경찰이 지나간다든가 하는 밖에서 나는 작은 소리에도 민감한 반응을 보였다.

"신경 쓰지 마. 넌 어디로든 가지 않아."

한 소년이 말했다.

"어떻게 알아?"

"한 번 여기 들어오면 평생 여기 있는 거야."

소년이 대답했다.

"난 여섯 살 때 여기에 갇혔어. 날 좀 봐! 이제는 수염이 날 만큼 나이가 들었잖아."

아이들이 웃었다.

슈아우지아는 아이들이 농담하는 거로 생각했다. 목동들도 이런 식으로 장난쳤다. 목동들은 양치기 일을 하는 슈아우지아가 꼴사납다고 조롱했으며 양이 뒤에서 머리로 들이받는 것을 좋아한다고 놀렸었다.

슈아우지아는 아이들 말을 마음에 두지 않았다. 이곳에는 장난칠 게 많지 않아서 그런 말을 한 것일 게다. 지금은 두려운 기색을 보이면 안 된다. 분노는 가끔 도움이 되었지만 두려움은 위험했다.

"네 가족이 돈을 좀 가져오면 석방해 줄 거야. 영원히 있게 되지는 않을 테니 저 애들 말 듣지 마."

"내가 뭘 걱정한다고 그래? 난 벌써 수용실에 여러 번이나 왔었어."

"야, 여러 번이나 교도소에 올 만큼 늙어보이지는 않는데."

슈아우지아보다 나이가 많은 아이가 이렇게 말하자 다른 아이들은 다시 웃었다.

"넌 얼마나 여기 있었는데?"

슈아우지아는 옆에 있는 소년에게 물었다.

소년은 약간 자리를 이동한 다음 벽에 긁어 놓은 자국을 가리켰다.

"저것이 표시야. 매일 밤마다 하나씩 긁어."

소년이 긁은 자국은 한 무더기였고, 벽 사방에 다른 아이들이 긁어 놓은 자국이 있었다.

슈아우지아는 표시를 세어보았다. 소년은 거의 석 달간 있었다. 하지만 슈아우지아는 셀 수 있다는 말을 하지 않았다.

"난 가족이 없어."

소년은 창피해하면서 말했다.

"여기 없어. 아프가니스탄으로 돌아갔어. 돈 벌러 왔는데 이렇게 교도소에 있게 됐어. 경찰이 물었어. '네 집문서 어디 있어?' 난 집문서가 없어 집이 폭파됐는데 어떻게 집문서가 있겠어? 그래서 여기에 와 있는 거야."

"또 같은 얘기 하니? 얼마나 더 들어야 하는데? 우리도 너만큼 재수가 없어."

나이 든 아이가 불평했다.

아주 낮은 목소리로 소년은 계속 말했다.

"수용실에 있는 애들은 다 아프간 사람이야. 파키스탄 애들은 다른 데 있어. 네 가족은 페샤와르에 있니?"

슈아우지아는 대답할 수 없었다. 너무 힘들었지만 울지 않으려고 애썼다. 갑자기 슈아우지아는 경찰서에서 울리는 전화벨이 자기와는 상관없는 일이라는 사실을 새삼 깨달았다. 이 세상에 경찰에게 뇌물을 써줄 사람도 없었고 더구나 자신이 이곳에 있는지조차 아는 사람도 없었다.

슈아우지아는 벽에 있는 다른 자국을 모두 없애면서 벽 전체에 자국을 그은 자신을 상상했다. 도망갈 방법도 없었고, 바다로 갈 방법도 없는 이 비좁은 장소에서 어떻게 지낼 수 있을까? 슈아우지아는 자유롭게 오랫동안 바깥세상에 있었다. 수용실은 슈아우지아를 짓누르고 있었다. 어떻게 이곳에서 살 수 있을까?

이것은 생각만 해도 견디기 어려운 일이었기 때문에 그녀는 대신 제스퍼를 떠올렸다. 제스퍼를 걱정하는 것이 자신을 걱정하는 것보다 더 나았다.

"화장실은 어디야?"

조금 뒤 슈아우지아가 물었다.

"냄새 안 나?"

소년은 수용실 뒤에 칸막이를 엄지손가락으로 가리켰다.

슈아우지아는 꽃이 가득 피어 있는 정원을 조심스럽게 걷는 것처럼 소년들 사이를 비집고 걸어갔다. 칸막이 안은 잠깐 개인 공간이 되어 주었지만, 화장실은 그저 바닥에 뚫어 놓은 악취 구멍에 불과했다.

양들이 더 깨끗해, 슈아우지아는 이렇게 생각하면서 칸막이 안에서 더 지체하지 않았다.

경찰이 차와 낸을 들고 왔다.

"저녁이다."

소년들은 카불에서 슈아우지아가 본 야생 개떼들처럼 빵을 먹으려고 서로 밀치면서 돌진했다. 경찰의 얼굴에는 경멸이 가득했다.

슈아우지아는 먹지 않았다. 아직 경찰은 수용실 문을 열어놓고 있었다. 그녀는 벌떡 일어나서 그 문을 빠져나와 몇 발자국을 나갔다.

"어디로 가려고?"

경찰이 슈아우지아를 잡았다.

"여기 있을 수 없어요. 잘못한 것이 없다니까요!"

슈아우지아는 끌려가지 않으려고 애쓰면서 외쳤다.

"도로 들어가!"

경찰이 수용실 안으로 그녀를 난폭하게 밀어 넣었다. 슈아우지아는 차 쟁반 위로 넘어져서 컵을 움켜쥘 새도 없이 차를 엎질렀다. 수용실 문은 쾅하고 닫혀 버렸다.

한 아이가 슈아우지아를 심하게 때렸다.

"내 차를 엎질렀어. 내 친구 차도. 이제부터 넌 네 몫을 우리에게 줘서 빚을 갚아야 해."

그 아이는 여전히 씩씩거렸다.

"너희에게 아무것도 못 줘."

슈아우지아도 씩씩거렸다.

"얼씨구, 계속해봐 날 피할 순 없어."

아이가 말했다.

슈아우지아는 자기 자리로 돌아갔다. 물론 그곳에도 남은 빵이나 차는 없었다.

"자."

옆에 있던 한 아이가 말했다.

"나와 나눠 먹자."

그 아이는 낸 절반을 뜯어 슈아우지아에게 건네줬다.

슈아우지아는 소년의 친절을 받아들이면 언젠가 그 대가를 지급해야 하며, 아이들에게 약한 모습을 보이면 안 된다고 생각했다. 슈아우지아는 소년의 호의를 거절했다. 배는 고팠지만 그것은 지금 당장 그녀가 안은 많은 걱정거리 중 가장 사소한 일이었다.

옆에 있던 아이는 금속 컵 가장자리로 벽에다 또 금을 긋고 있었다. 다른 아이들도 자기 자국에 하나씩을 더 그었다.

"네 것도 하나 만들어 줄게."

벽에다 자국을 하나 더 그으면서 소년이 말했다.

슈아우지아는 자국을 한 번 쳐다보고 나서 몸을 돌렸다.

경찰이 찻잔을 회수하고 불을 꺼버렸다.

"좋은 꿈 꿔라, 애들아."

경찰이 조롱하듯이 말했다.

아이들은 복잡한 수용실에서 낑낑대며 몸을 펼 수 있을 만큼 폈다. 슈아우지아도 똑같이 했다. 갑자기 아이 하나가 작고 규

칙적으로 흐느끼기 시작하자 그녀는 다시 고쳐 앉았다.

"정신 이상자야."

흐느끼는 아이는 울 때마다 머리를 벽에다 쾅쾅 박았다.

"날이 밝으면 괜찮아져. 어둠이 무서운가 봐. 매일 밤마다 저래. 곧 익숙해질 거야."

슈아우지아는 조용히 그 말을 들었다.

"곧 너도 저 애를 좋아하게 될 거야."

다른 아이가 말하자, 아이들은 비웃기 시작했다.

슈아우지아는 정신 이상자를 한동안 지켜보았다. 그리고 다시 누웠다. 벼룩이 발목과 목을 물었다. 그녀는 담요를 몸에 둘러 벼룩에게 물리지 않으려고 애썼지만, 곧 너무 더워서 다시 담요를 벗었다.

그날 밤은 너무나도 길고 길었다. 어떤 아이들은 자면서 소리를 지르기도 했고, 벼룩은 계속해서 그녀를 물어뜯었다. 걱정과 두려움으로 슈아우지아는 잠을 이룰 수가 없었다. 슈아우지아는 일이 잘 풀릴 거라 스스로 달랬다. 경찰이 잘못을 깨닫고 아침이면 자신을 방면해 줄 거라고 생각했다.

하지만 정말로 그렇게 생각하지는 않았다. 아프간 교도소에 있는 사람들은 사라진 것처럼. 아마 파키스탄도 마찬가지일 거다.

제스퍼와 떨어져 있는 것은 무척 힘든 일이었다. 슈아우지아를 보호해주는 존재는 아무도 없었고, 손을 뻗어 옆에서 숨을 쉬고 있는 제스퍼를 느낄 수 없다는 것은 견디기 어려운 일이었다.

이 끔찍한 곳에서 나는 미쳐가는 걸까? 이제 서서히 마음의 평정을 잃고 태양으로부터 차단되는 것일까? 슈아우지아는 아프가니스탄에서 미친 사람들을 많이 보았다. 발작은 그들의 마음을 더욱더 빼앗아가 아무것도 남지 않게 만들었다.

슈아우지아는 손을 뻗어 옆에서 자는 아이의 가슴을 부드럽게 만졌다. 슈아우지아는 소년의 심장이 빠르게 뛰는 것을 느꼈다. 소년의 심장은 깊이 숨을 들이켜고 내쉬고 있었다.

슈아우지아는 눈을 감고 소년이 제스퍼라고 생각했다. 그리고 잠이 들었다.

8

난, 남자가 아니라 여자에요

교도소에서 나오는 아침 식사는 바깥보다 양이 더 많았다. 슈아우지아는 어제 자신을 때린 아이가 자신의 몫을 차지하기 전에 먼저 빵을 차지하고서, 그런 다음 차를 마셨다. 그러나 차는 단지, 갈증을 약간 풀어줬을 뿐이었다.

"그건 내 거야!"

소년이 화를 냈다.

"잠깐만, 오줌 누고 올게."

슈아우지아가 말했다.

다른 아이들은 모두 웃었지만 이번에는 슈아우지아를 보고 웃은 것이 아니었다.

소년이 슈아우지아에게로 오려고 할 때 경찰이 수용소 문으로 다가왔다.

"샤워할 준비 해."

경찰이 말했다.

아이들은 발을 들고 껑충껑충 뛰었다.

"물이 아주 차. 시원하게 해줄 거야. 우리가 옷을 벗으면 경찰들이 수용실과 화장실에 물을 뿌려. 그러면 훨씬 나아져. 두고 보면 알아."

옆에 있는 아이가 말했다.

슈아우지아는 소름이 돋았다. 개인적으로 하는 샤워가 아니었다. 슈아우지아는 여기 있는 소년들에게 여자인 자신의 몸을 드러낼 수 없었다.

슈아우지아는 너무 무서워서 아무런 생각조차 할 수 없었다.

아이들은 맨 먼저 샤워를 하고 싶어서 수용실 앞 창살로 서로 밀어붙이고 있었다. 슈아우지아는 아이들이 자신을 밀어 감방 끝으로 밀려나도록 했다.

아마 잘만 밀려난다면 일단 벽 쪽으로 붙을 수 있을 것 같았다.

경찰이 아이들을 뒤로 보내려고 몽둥이로 창살을 탕탕 쳤다.

"어제 들어온 놈, 앞으로 나와."

경찰이 소리쳤다.

"저요! 제가 어제 들어왔는데요!"

다른 아이가 소리쳤다.

창살 밖에서 들려오는 대화 속에서 슈아우지아는 영어로 말하는 목소리를 들었다. 그 말을 다리어로 통역하는 것도 들었다.

"아니요, 이 아이가 아니에요."

낯선 목소리가 들렸다.

"안에 다른 애 없어? 햄버거 집에서 체포된 애 말이야.

슈아우지아는 아이들을 밀치면서 앞으로 껑충 뛰어나갔다. 창살 밖에는 제스퍼를 무척 좋아한 두 아이의 아버지가 서 있었다.

남자는 슈아우지아에게 웃으면서 말했다.

"넌 참으로 영리한 개를 뒀더구나."

슈아우지아는 창살에 바짝 기대어서 남자에게 몸을 굽히게 한 다음, 속삭였다.

"저를 여기서 꺼내주셔야 해요. 오늘이 샤워하는 날이에요."

슈아우지아는 간청했다.

남자는 그 말의 뜻을 몰라 당황한 얼굴로 바라보았다.

그래서 슈아우지아는 얼굴을 창살 쪽으로 밀었다.

"전 여자예요!"

슈아우지아는 속삭였다.

남자는 슈아우지아를 자세히 살펴보더니 눈을 한 번 깜빡이고는 경찰에게로 갔다. 곧 그들은 수용실에서 멀어졌다. 슈아우지아는 그들이 무슨 말을 하는지 들을 수 없었지만, 외국인이 지갑을 꺼내 경찰과 뭔가를 교환하자는 제스처를 보았다. 그러나 외국인이 다시 주머니에 지갑을 집어넣는 것을 보자 심장이 멎을 것만 같았다. 바로 그때 외국인이 다시 지갑을 꺼내자 심장은 다시 뛰기 시작했다. 그들은 좀 더 언쟁을 한 다음 외국인 남자는 고개를 끄덕이며 지갑에서 지폐 몇 장을 꺼내 경찰들에게 건네주었다.

경찰은 수용실 문을 열고 아이들 속을 헤집고 들어와 슈아우지아를 데리고 나갔다. 슈아우지아는 수용실에 있는 아이들을 돌아보았다. 하지만 곧 돌아본 것을 후회했다. 창살 뒤에 있는 아이들은 너무 초라했고, 얼굴엔 희망이 없어 보였다.

외국인은 슈아우지아의 팔을 잡고 출구로 안내했다.

"잠깐만요! 경찰이 내 돈을 갖고 있어요!"

슈아우지아가 소리쳤다. 남자는 계속해서 슈아우지아를 출구 쪽으로 몰고 갔다.

"네 돈은 사라졌어. 이젠 남아있지도 않아. 경찰 마음이 변하기 전에 빨리 이곳을 나가자."

남자가 조용히 말했다.

슈아우지아는 분노를 밖으로 분출하지도 못한 채 속으로 삭여야 했다. 하지만 그녀는 그 분노를 경찰서를 나가자마자 잊어버렸다. 갑자기 크고 털이 많은 동물이 급하게 달려들어 슈아우지아는 거의 넘어질 뻔했다.

"제스퍼!"

제스퍼는 슈아우지아 얼굴 전체를 핥아댔다. 외국인이 서둘러 둘을 밴에 태우지 않았다면 슈아우지아는 몇 시간 동안 제스퍼를 안고 길거리에서 행복하게 뒹굴고 있을 뻔했다.

슈아우지아와 제스퍼는 머리를 창문 밖으로 내놓고 시원한 바람을 맞았다. 자동차는 미친 페샤와르 거리를 누비면서 달렸다. 신선한 공기는 정말로 좋았고 심지어 그 속에 섞인 열기나 배기가스도 좋았다.

"너 이름이 뭐니?"

남자가 물었다.

"슈아우지아예요, 남자 이름은 슈아피크고요."

슈아우지아는 머리를 안으로 당기면서 말했다. 슈아우지아는 제스퍼 얼굴에 있는 털이 뒤로 날리는 모습을 보고 웃었다.

"난 탐이야."

"어떻게 저를 찾았어요?"

탐은 슈아우지아에게 플라스틱 물병을 주었고, 슈아우지아는 탐이 얘기하는 동안 물을 마셨다.

"네 개 덕택이야. 어제 피자 사러 햄버거 집에 갔을 때 제스퍼가 우리에게 꼬리치며 달려오는 거야. 네가 없는 게 궁금해서 주위 사람들에게 물어봤지. 오래 걸려서 미안하다만 널 찾는데 시간이 좀 걸렸어. 겨우 경찰을 설득해서 널 데리고 나온 거야."

탐이 말했다.

"그런데 어디로 가시는 거예요?"

"내 아내 바바라한테 널 교도소에서 빼내면 집으로 데려가기로 약속했어. 네가 여자인 걸 알면 더욱 기뻐할 거야. 근데 왜 남자 행세를 하니?"

"그냥 그러고 싶어서요."

슈아우지아는 탐을 믿지 못해서라기보다는 설명하기 복잡해서 거짓말을 했다.

"네 가족은 아직 아프가니스탄에 있니?"

탐이 물었다.

"가족은 죽었어요."

슈아우지아는 또 거짓말을 했다. 그리고는 머리를 다시 창문 밖으로 내밀었다. 슈아우지아는 이렇게 빨리 움직이는 차를 타 본 것이 언제였는지 기억조차 할 수가 없었다.

내가 이런 차 하나만 갖고 있다면 금방 바다로 갈 수 있을 텐데, 슈아우지아는 생각했다.

그들은 대학 마을로 들어갔다. 거리엔 커다란 나무들과 높은 벽과 꽃이 핀 작은 나무들이 이웃하고 있었다. 잠루드 길가에서 나는 차 소리를 따라 밴은 주위를 몇 번 돌더니 마침내 높은 철제 대문 앞에 멈추었다.

탐은 내려서 출입문을 열고는 다시 밴을 타고 집 안으로 들어갔다.

슈아우지아와 제스퍼는 완전히 새로운 세상으로 발을 들여놓았다.

"아빠가 온다! 아빠가 와!"

두 아들이 현관문에서 정원으로 뛰어나와 아버지에게 안겼다. 아이들 뒤에는 손을 행주에 닦는 바바라가 서 있었다. 바바라는 양손을 슈아우지아의 어깨 위에 얹었다.

"탐이 정말 너를 데리고 왔구나! 우리 집에 온 걸 환영해."

슈아우지아는 바바라의 얼굴을 자세히 쳐다보았다. 비비리의 미소는 따뜻했다. 슈아우지아는 파르바나 외에는 이런 식으로 자신에게 웃어 준 사람을 기억할 수 없었다.

"배고프겠구나. 우린 배고픈 소년에게 줄 음식이 아주 많단다."
바바라가 말했다.

"배고픈 소년이 아니고 배고픈 소녀야."

탐이 낄낄거리며 웃는 작은아들을 빙글빙글 돌리면서 말했다.

바바라는 슈아우지아를 바라보았다.

"여자라고! 와, 정말 멋지구나! 난 이 집에 남자 아이들만 잔뜩 있게 될 줄 알았는데. 안으로 들어가자. 깨끗이 씻은 다음에 뭘 좀 먹자. 그런 후 너에 관한 얘기 좀 들려줘."

슈아우지아의 눈은 정원에 있는 오색찬란한 꽃들로 붉게 물들었다. 새들은 나무에서 지저귀고 높은 담 너머에 있는 폐샤와르는 존재조차 없는 것 같았다.

바바라가 그녀를 집안으로 데리고 들어가자 슈아우지아의 눈은 더욱 커졌다. 현관만 해도 카불에서 가족과 함께 쓰던 방보다도 컸다.

"탐은 엔지니어야."

바바라는 슈아우지아를 여기저기 구경시켜 주면서 말했다.

"탐은 다리를 건설해. 대부분 파키스탄 북부에다. 우린 2년 계약으로 여기에 왔어. 우리 가족은 이곳에 오기 어렵다고 생각했어. 특히 아이들과 함께는. 하지만 우린 모험도 좋아하거든. 고향은 미국 토레도야. 그곳에는 모험거리가 별로 없어."

슈아우지아는 바바라의 수다가 즐거웠다. 자신이 이런 부유함 속에 있다는 게 어색했다. 안에는 정원이 보이도록 큰 창문을 단 거실이 있었다. 의자는 푹신해 보였고 예쁜 색깔의 쿠션도 많았다. TV에서는 발랄하게 영어 노래를 부르는 만화 주인공이 나왔다. 장난감들도 마루에 흩어져 있었다.

"여기가 식당이야."

바바라가 의자 여러 개가 놓여 있는 나무로 만든 테이블을 지나가면서 말했다. 슈아우지아는 유리로 만든 찬장에 꽂혀 있는 접시들을 보았다.

"여기는 부엌이야."

그들은 커다란 햇빛이 비치는 방으로 들어갔다. 집안을 다니면서 계속 슈아우지아의 코를 실룩거리게 한 좋은 냄새의 근원이 된 방이었다. 음식 통조림과 환상적인 쿠키 상자가 선반 위에 깔끔하게 놓여 있었으며, 그릇에는 과일이 가득 담겨 있었다.

슈아우지아는 계속 부엌을 보고 싶었고, 좋은 냄새를 맡고 싶었지만 바바라는 계속 움직였다.

그들은 위층으로 올라갔다. 그곳에는 방이 더 많았다. 마루에 장난감도 더 많이 놓여 있었고, 아이들 옷도 여기저기 흩어져 있었다.

"엉망이라서 미안하구나."

바바라는 슈아우지아가 장난감 트럭을 넘어가는 것을 보고 말했다.

"난 아이들이 스스로 정리하도록 가르치려고 하는데 아이들은 협조하려 들지 않아."

그리고서 바바라는 슈아우지아에게 벽에 예쁜 꽃 그림이 그려져 있는 파란색 방을 보여주었다. 그곳에는 빛나는 수도꼭지와 파란색 커튼이 달렸고 서양식 변기와 샤워실이 있었다.

우리 가족도 폭탄이 터지기 전에는 이런 곳에서 살았는데 하고 슈아지아는 생각했다. 그런 기억이 꼭 자신의 기억이 아닌 다른 사람의 기억인 것 같았다.

"자, 안에 들어가서 샤워 해."

바바라가 말했다.

바바라는 슈아우지아에게 샤워기 작동법을 알려주었다.

"비누는 원하는 대로 써도 돼. 네 지저분한 옷은 바닥에 벗어 놔. 가서 네가 입을 깨끗한 옷을 찾아올 테니까."

바바라는 슈아우지아가 홀로 있게 나가 주었다.

슈아우지아는 한동안 숨죽이고 가만히 있는 게 행복했다. 그녀는 손가락으로 부드럽게 파란색 꽃이 그려진 타일을 만지며 부드러움을 느껴보았다.

세면대 위에는 거울이 있었다. 가까이 다가가서 거울을 들여다보았다. 슈아우지아는 자신을 노려보는 얼굴을 알아보지 못했다. 그녀가 거울을 통해 자신의 얼굴을 본지 몇 년이 지났다. 카불에서 가족과 함께 쓰던 방에는 거울이 없었다.

슈아우지아의 마음속에서는 자신이 아직도 찰랑찰랑한 긴 머리에 유니폼을 입은 여학생이었다. 하지만 지금 자신을 바라보는 거울 속 얼굴은 생각보다 훨씬 나이 들어 보였다. 얼굴은 더 길었고, 뺨은 움푹 패여 있었다. 슈아우지아는 이 여자 아이가 정말로 자신이라고 도저히 믿을 수가 없었다.

아이들이 안으로 들어오는 소리가 들렸다. 슈아우지아는 제스퍼가 계단을 뛰어 올라와서 욕실 문밖에서 낑낑거리는 소리를 들었다. 슈아우지아는 자신의 영상을 내버려 둔 채 문을 열어주었다.

"너는 내가 어떻게 생겼던 상관하지 않지, 그렇지?"

제스퍼가 꼬리를 흔들자 기분이 한결 나아졌다.

슈아우지아는 더러운 옷을 벗고, 샤워를 시작했다. 우선 수도를 틀어 따뜻한 물이 몸에 흐르게 했다. 비누에서는 꽃향기가 났다. 슈아우지아는 몸에 거품을 내어 헹구고, 또 거품을 내어 헹구었다. 때를 밀고 몸에서 나는 고약한 냄새도 다 씻어냈다.

"정원에 가서 아이들과 어울려 놀지 그래?"

바바라는 슈아우지아가 여자 옷인 샬와르 까미즈를 입고 부엌에 나타나자 말했다. 깨끗하게 씻고 깨끗한 옷을 입자 기분이 아주 좋았다.

몸에선 비누 향이 났다. 바바라가 시원한 우유를 한 잔 주었다.

"곧 저녁을 준비할게."

슈아우지아와 제스퍼는 아이들이 노는 정원으로 갔다. 두 아이는 장난감 트럭을 서로 갖겠다고 싸움을 했다. 슈아우지아는 아이들을 보는 것이 마음이 아팠다. 아이들은 건강했고 토실토실했다. 웃음소리와 싸우는 소리에 그녀는 귀가 따가웠다.

슈아우지아는 우유를 마셨다. 우유는 부드럽고 맛있었다. 손바닥에다 우유를 좀 부어 제스퍼에게 주었다.

"내가 할 거야!"

한 아이가 소리쳤다. 그런 후 두 아이는 서로 자기들에게도 제스퍼를 먹이게 해 달라고 하면서 그녀를 떠밀었다. 슈아우지아는 아이들을 피하느라고 뒤로 물러났으나 아이들은 계속 그녀를 떠밀었다.

저녁 먹으라고 부르러 온 탐이 슈아우지아를 구해 주었다.

"슈아우지아, 여기 앉아."

바바라가 의자를 꺼내 주었다. 앞에는 밝은 노란색 접시와 반짝이는 나이프와 포크가 놓여 있었다. 테이블에는 닭요리가 담긴 접시와 채소 그릇이 놓여 있었다. 탐이 아이들 손 씻는 걸 돕는 동안 바바라는 우유를 한 잔 더 따랐다.

"포크 사용해 본 적 있니?"

바바라가 물었다.

슈아우지아는 고개를 끄덕였다. 아프간 사람들은 대부분 손가락으로 음식을 먹었지만 그녀의 가족은 매우 현대적이었다. 그들은 폭격으로 쓰던 포크와 나이프를 잃어버렸고, 다시 손가락으로 음식을 먹게 되었지만 슈아우지아는 아직도 포크 사용법을 기억하고 있었다.

슈아우지아는 탐과 바바라가 무릎에 냅킨을 내려놓는 것을 보았다. 그녀도 똑같이 따라했다.

일단 먹기 시작하자 그녀는 멈출 수가 없었다. 처음에는 포크를 적절히 사용하려고 애를 썼지만 그건 너무 느렸다. 그래서 손가락을 사용했다. 슈아우지아는 음식 외에는 아무것도 생각나지 않았다. 바바라는 계속해서 접시를 채워줬으며 그녀는 그 음식이 치킨인지 밥인지 또는 채소인지 구별하지도 못한 채 몽땅 먹어치웠다.

배가 불러오기 시작하자, 슈아우지아는 내일 먹을 음식을 남겨놓아야 한다는 생각이 들었다. 냅킨은 그런 용도로 편리하게 사용할 수 있었다.

"디저트 먹을 배는 있니?"

바바라가 슈아우지아 앞에 초콜릿 아이스크림을 놓으면서 물었다.

"나도 아이스크림!"

작은 아이 제이크가 투덜거렸다.

"당근부터 먹어."

바바라가 말했다.

"싫어요!"

"당근을 한입이라도 먹어라."

탐이 말했다.

슈아우지아는 제이크가 얼굴을 찌푸리면서 입 안으로 제일 작은 당근 한 조각을 넣는 모습을 보았다. 바바라는 제이크의 접시를 치우고 아이스크림을 가져다주었다. 슈아우지아는 바바라가 아직 음식이 남아 있는 접시를 부엌으로 가져가는 것을 눈여겨본 다음, 다시 아이스크림으로 관심을 돌렸다.

아이스크림은 아주 맛있어서 슈아우지아는 그릇째 들고 거기에 붙어 있는 것을 다 핥아먹었다.

"폴, 그릇 내려놔."

탐이 큰아이에게 말했다.

"하지만 누나도 그렇게 하잖아!"

"상관하지 마. 네가 더 잘 알잖아!"

슈아우지아는 얼굴이 화끈거렸다. 실수를 했다. 그들이 자신을 내다버리면 어쩌지?

"방에 침대를 준비해 놨어. 지금 가서 볼래? 자고 싶을 때 언제든지 가서 자."

바바라가 말했다.

슈아우지아는 고개를 끄덕이며 음식을 싼 냅킨을 들고, 테이블에서 일어섰다.

"오늘은 내가 제스퍼와 함께 잘 거야."

제이크가 말했다.

"아니야. 나와 잘 거야."

폴이 말했다.

슈아우지아는 아이들이 싸우도록 내버려두었다. 제스퍼는 아이들이 위층으로 올라가자 그녀를 빠르게 쫓아왔다.

빨간 칫솔로 양치한 후 침실을 보았다. 진짜 침대에 시트와 담요, 그리고 베개가 있었다. 바바라는 슈아우지아에게 잠옷을 입으라고 주었다. 갑자기 매우 피곤해졌다.

바바라는 슈아우지아를 포옹했다.

"잘 자라. 우린 네가 와서 매우 기쁘단다."

슈아우지아의 팔은 그냥 늘어져 있었다. 그녀는 자신도 같이 바바라를 안아야 하는지 잘 몰랐다. 또 달리 어떻게 해야 하는지도 알 수 없었다.

바바라는 전등 스위치가 어디 있는지 가르쳐 주고 방을 나갔다.

슈아우지아는 침대 밑에 음식을 숨기고 잠옷으로 갈아입은 다음 깨끗한 시트가 있는 침대 속으로 미끄러지듯 들어갔다.

배가 너무 불러 거북했다. 몸에서는 여전히 비누냄새가 났다.

제스퍼도 침대로 뛰어올라 와서 옆에서 몸을 쭉 폈다.

"내 생각인데 말이야. 나보고 여기서 있으라고 할 거 같아. 난 청소도 잘하잖아. 사람들이 다 잠이 들면 장난감도 갖고 놀 수 있어. 어쩌면 학교도 갈 수 있을지 몰라. 그러면 배울 수도 있어!"

슈아우지아가 제스퍼에게 속삭였다.

슈아우지아는 팔꿈치에 얼굴을 대고 제스퍼를 바라보았다.

"그래도 우린 바다로 가야 해. 프랑스로 가야 하니까. 하지만 잠시 이곳에 머무르는 것도 괜찮겠지?"

제스퍼는 꼬리를 흔들면서 그녀의 손을 핥았다.

슈아우지아는 아주 푹신한 베개를 베고 누웠다.

"위이라 아줌마가 보고 싶어."

슈아우지아는 속삭이면서 미소를 짓더니 이내 잠들어 버렸다.

몇 시간 후에 슈아우지아는 일어났다. 사람들이 잠들었는지 조심스레 확인한 후에, 발끝으로 걸으며 부엌으로 내려갔다. 쓰레기통에는 아직 맛있는 음식이 그대로 있었다.

슈아우지아는 음식을 꺼내서 위층으로 갖고 올라와 그것을 침대 밑에 숨겼다.

언제 다시 배가 고파질지 알 수 없기 때문이다.

9
파라다이스

 그렇게 먹고 자는 동안 며칠이 아련히 지났다.

슈아우지아는 자신이 얼마나 피곤했는지 잘 모르고 있었다. 벽으로 둘러싸인 파라다이스 안에는 새들과 꽃들이 있었지만, 고물을 찾을 쓰레기더미는 없었다.

슈아우지아는 커다란 테이블에서 하루에 세끼를 먹었으며, 바바라가 끼니 사이에 주는 간식도 먹었다.

"편히 지내. 우린 네가 편하게 지냈으면 좋겠어."

바바라가 말했다.

"저한테 왜 이렇게 잘해주세요?"

슈아우지아가 물었다.

"탐이 받는 월급으로 우린 여기서 풍족하게 살 수 있어. 가진 것을 함께 나누고 싶어서 그래. 더욱이 우리 여자들은 단결해야만 하거든!"

바바라는 슈아우지아를 또 껴안았다. 이번에는 슈아우지아도 바바라를 안았다.

가끔 거지들이 밖에서 벨을 눌렀다. 그러면 탐이나 바바라가 문을 열고 오렌지나 동전을 주었다. 대문은 아주 높았고 두꺼운 철로 만들어져 있어서 슈아우지아는 그 사람들을 볼 수 없었지만 그들이 도움을 받는다는 것이 기뻤다.

슈아우지아는 집안일을 도울 생각이었지만 계속 꾸벅꾸벅 졸기만 했다. 그녀는 아침이나 점심을 먹고 나서 거실이나 현관에 앉아 자다가 몇 시간이 지나서야 깨어나곤 했다.

"죄송해요."

슈아우지아는 오후에 잠에서 깨어난 후 말했다. 또 저녁 짓는 걸 돕지 못했다.

"오랫동안 피로가 겹쳐서 그래. 곧 휴식을 끝내게 될 거야. 그러면 훨씬 좋아질 거야."

바바라가 슈아우지아의 어깨에 팔을 두르면서 말했다.

슈아우지아는 바바라가 자신을 보고 웃는 모습이 좋았다. 또 그녀는 탐이 아이들과 레슬링을 하거나 장난감 트럭을 가지고 놀거나, 잘 시간에 아이들에게 책 읽어주는 모습을 지켜보는 것이 즐거웠다.

탐과 바바라는 다리어로 그녀에게 말했지만 아이들은 영어밖에 말할 줄 몰랐다. 슈아우지아는 새로운 단어를 들을 때마다 잘 기억해 두었다가, 편하게 그 말을 할 수 있게 될 때까지 제스퍼에게 속삭이며 말했다. 슈아우지아의 영어 실력은 점점 나아졌다.

미래에 대해 말해주는 사람은 아무도 없었다. 슈아우지아도 물어보고 싶지 않았다. 어쩌면 그들은 그녀를 내보내는 일을 잊고 있을지도 몰랐다. 또 어쩌면 그들은 이미 그녀를 자신의 아이로 생각하고 있을지도 몰랐다. 슈아우지아는 쓸데없이 그들에게 말해서 자신이 그들의 아이가 아니라는 생각을 상기시켜 주고 싶지 않았다.

어느 날 아침에 잠에서 깨어나자 그녀는 정말로 기분이 상쾌했다.

"이제 오랜 잠에서 벗어난 것 같아."

슈아우지아는 제스퍼에게 말했다. 제스퍼도 꽤 좋아 보였다. 제스퍼는 잘 먹고 자주 씻고 자주 빗은 탓인지 털이 윤이 나며 부드러웠다.

"오늘 아침엔 눈에 생기가 도는구나."

탐이 아침을 먹으면서 말했다.

"이제 저도 집안일을 돕고 싶어요. 저는 청소도 아주 잘해요."

슈아우지아는 기쁜 마음으로 말했다.

"우린 이미 파출부가 있어."

제이크가 입안에 스크램블 에그를 가득 넣고 말했다.

"와히이다는 일주일에 두 번밖에는 안 오는데, 집을 깨끗이 유지하기에는 좀 부족해. 너희 둘은 장난감을 어지르고 정리는 잘 하지 않아."

"손에게 얘기해요."

폴은 엄마에게 팔을 뻗어 손바닥을 내보이며 말했다.

"그런 짓 하지 말라고 했지. 비디오 보고 배운 거야."

바바라가 슈아우지아에게 말했다.

"너희는 한동안 비디오를 볼 수 없어."

탐이 말했다. 폴은 포크로 테이블 위를 쾅하고 내리쳐서 달걀을 쏟았다. 폴은 슈아우지아의 귀가 아플 정도로 큰 소리로 투덜거렸다.

슈아우지아는 산만한 틈을 타서 접시에서 달걀을 집어 토스트와 함께 냅킨에 쌌다. 침대 밑에는 음식이 점점 더 많아졌다. 탐과 바바라가 떠나라고 하면, 한동안 이 음식으로 살아갈 수 있을 것이다. 아니 어쩌면 슈아우지아가 바다로 갈 때까지 먹을 수 있을지도 몰랐다.

"오후에 아이들을 수영장에 데려가려고 해."

바바라가 슈아우지아와 함께 점심 설거지를 하면서 말했다.

"미국인 클럽에도 갈 거야. 너도 데려가고 싶지만 외국인은 들어갈 수 없어. 외국인 알지? 혼자 있을 수 있지?"

슈아우지아는 그 질문이 우스웠다. 그녀는 늘 혼자였다.

"그럼요."

그녀가 말했다.

"초인종이 울려도 절대 문을 열어주면 안 돼. 열쇠를 갖고 가니까 우리가 문 열고 들어올 거야."

바바라가 말했다.

슈아우지아는 그들이 차를 몰고 나갈 때 손을 흔들어 준 다음 문을 닫았다. 문을 닫고 집안으로 들어간 때쯤에 초인종이 울렸다.

슈아우지아는 바바라가 말한 대로 그냥 안으로 들어갔다. 그러나 벨 소리가 다시 들렸다. 슈아우지아는 밖에 있는 사람을 그냥 보낼 수가 없었다.

문을 열었다. 아프간 여자가 아기를 안고 손을 내밀었다.

"제 아이에게 먹을 것을 좀 주세요."

"알았어요. 정원으로 들어와요."

슈아우지아는 집안으로 뛰어들어가서 찬장에서 과일과 비스킷을 꺼내 비닐 가방에 가득 넣어 여자에게 갖다주었다. 여자는 여러 번 고맙다고 인사를 하고 갔다.

"이것 참 재미있구나."

슈아우지아가 제스퍼에게 말했다. 그녀는 안으로 들어가 거
실 바닥에 앉아서 장난감을 가지고 놀려고 했다. 그때 다시 벨
이 울렸다.

이번에는 고물가방을 든 아이들이었다. 아이들은 마분지나
깡통 등을 찾아다니고 있었다.

슈아우지아에게 한 가지 생각이 떠올랐다.

"들어와. 들어와서 같이 놀자."

슈아우지아는 음식을 가져왔고, 장난감도 보여주었다. 아이
들은 장난감을 어떻게 갖고 노는지 알지 못하는 것 같았다. 슈
아우지아는 장난감 차를 작동시켜 바닥에서 움직이게 했다.

조금 있다가 벨이 또 울렸다. 슈아우지아는 몸이 무거운 임
산부를 집 안으로 데리고 들어와 시원하고 어두운 방에서 잠을
자도록 해줬다. 노인 한 명은 우유를 한 잔 마시고 정원 그늘에
서 잠을 잤다.

좀 더 많은 여자와 아이들이 집안으로 들어왔다. 슈아우지아
는 이 사람들을 안으로 초대했다.

"여기 사는 사람들은 함께 나누는 것을 좋아해."

슈아우지아가 말했다. 제스퍼도 사람들을 반갑게 맞이했으
며 사람들은 모두 환영받는 느낌을 받았다.

슈아우지아는 찬장과 냉장고가 텅 빌 때까지 음식을 가져왔
다. 더 나눠 줄 음식이 없자 슈아우지아는 장난감, 옷, 담요 등

거지들에게 필요한 물건을 다 내주었다.

사람들은 먹고 마셨으며, 아이들은 장난감을 갖고 놀았다. 집에서 파티하는 것 같았다.

"베개 베고 자요."

슈아우지아는 한 여자에게 말했고, 다른 여자에게는 찢어진 신발을 대신할 수 있도록 바바라 신발을 주었다. 또 그녀는 사람들을 욕실로 데리고 가서 샤워를 할 수 있게 해주었다. 찬장에서 비누를 찾아 그것도 나눠 주었다.

슈아우지아는 욕실로 가서 어린 여자 아이 두 명이 샤워하고 머리 감는 것을 도왔다. 여자 아이들은 머리에 비누거품이 나자 낄낄거리며 웃어댔다. 비명이 들렸다. 그러나 슈아우지아는 그 소리를 듣지 못했다. 다시 한번 비명이 났다. 그때야 슈아우지아는 그 소리를 명확하게 들을 수 있었다.

"지금 뭐 하는 거야?"

바바라는 소리를 질렀다.

"슈아우지아!"

슈아우지아는 손에 머리카락을 잔뜩 쥐고 헹구면서 바바라에게 큰 소리로 대답했다.

"저 위층에 있어요."

바바라는 즉시 욕실로 왔다.

"보세요. 얼마나 깨끗해졌는지."

슈아우지아는 수건으로 여자 아이들을 감싸면서 말했다.

"저 사람들은 다 누구야? 뭐 하는 거야?"

슈아우지아는 바바라에게 웃으면서 말했다.

"나누는 거예요, 아줌마가 저에게 나눠준 것처럼요."

"나눈다고?"

"사람들이 대문 앞에 와서 구걸했어요."

"그래서 네가 사람들을 다 초대했다는 말이야?"

슈아우지아는 이해할 수가 없었다.

"저는 아줌마가 좋아할 거로 생각했어요. 이런 걸 아줌마도 좋아할 줄 알았어요. 아줌마는 아주 많은 걸 갖고 있잖아요."

"애들 옷은 어디 있니?"

여자 아이들이 욕실 바닥에 물을 뚝뚝 떨어뜨리는 것을 보고 바바라의 얼굴이 굳어졌다.

슈아우지아는 세면대를 가리켰다. 옷을 빨려고 물에 담가놓았다. 슈아우지아는 여자 아이들을 시트로 감싸주고 옷을 빨아 뜨거운 태양 아래서 말릴 계획이었다.

바바라는 옷을 물에서 꺼내어 꼭 짠 다음에 슈아우지아에게 주었다.

"입혀라."

바바라는 그렇게 말하고는 아래층으로 내려갔다. 슈아우지아는 바바라가 사람들을 밖으로 쫓아내는 소리를 들었다.

"엄마! 내 침대에서 어떤 여자가 자고 있어요!"

제이크가 고함을 질렀고, 곧 임산부도 밖으로 쫓겨났다.

슈아우지아는 여자 아이들이 젖은 옷을 입는 것을 도왔다. 그리고 아이들을 서둘러서 대문으로 데리고 갔다.

"미안해."

슈아우지아는 여자 아이들에게 말했다.

"참 재미있었어. 몸에서 좋은 냄새가 나."

한 아이가 말했다. 슈아우지아는 아이들이 고물가방을 질질 끌면서 좁은 골목으로 걸어가는 모습을 지켜보았다.

"엉망진창이 된 것 좀 봐."

바바라가 방에 흩어져 있는 장난감과 접시들을 주우면서 말했다.

"제가 도와드릴게요."

슈아우지아는 몸을 구부려 접시를 집으면서 말했다.

"됐으니까, 정원에 가서 앉아 있어."

바바라의 목소리와 얼굴에는 따뜻함이 전혀 없었다.

탐이 한 시간 후에 집에 왔다. 슈아우지아는 밖에 있었지만 두 사람의 목소리가 커졌다 작아졌다하는 소리를 들을 수 있었다.

"집안에 남은 음식이라곤 하나도 없어! 장난감도, 옷도 다 없어졌어. 이상한 사람들이 우리 침대에 있었다고!"

잠시 후에 탐이 아이들과 함께 나왔다.

"우리 피자 사러 가!"

제이크가 말했다.

"제스퍼와 슈아우지아 누나도 같이 가도 되죠?"

"아니, 안 돼. 금방 돌아올 거야."

탐이 말했다. 그들은 차를 몰고 나갔다.

그날 저녁에 슈아우지아는 마침내 피자 맛을 보게 되었다. 피자는 정말 맛있었지만 분위기가 살벌해서 그 맛을 즐길 수는 없었다.

저녁 먹은 후에 슈아우지아는 설거지를 했다. 바바라와 탐은 아이들을 재우려고 위층으로 갔다. 슈아우지아는 또 비명을 들었다. 아이의 비명이었다.

잠시 후에 탐이 계단 밑으로 소리를 질렀다.

"슈아우지아, 이리 좀 올라오겠니?"

모두 슈아우지아 방에 있었다. 개미떼들이 바닥과 침대 밑에서 기어다니고 있었다.

"왜 음식을 숨겼니?"

"그러니까…… 저 먹으려고요……."

슈아우지아는 말을 잇지 못했다.

"언제 먹으려고?"

"언제가…… 제가 이 집을 떠나…… 배가 고파지면요."

"치워야겠어."

어색한 침묵을 지키고 있던 탐이 말했다. 탐은 썩어서 개미가 꼬인 음식을 쓸어버렸다. 바바라는 바닥을 닦았고, 슈아우지아는 그들을 지켜보면서 초라해진 채 구석에 서 있었다.

다음 날 아침에 탐은 시장을 봐 와야 했기 때문에 아침 식사가 늦어졌다. 그들은 오전 중간쯤에 아침을 먹었다.

"너에게 새 옷을 사주고 싶어."

바바라가 식탁에 다 모이자 말했다.

"새 옷을 산 다음, 너를 난민촌으로 데려다줄게."

슈아우지아는 들고 있던 우유 잔을 식탁에 내려놓았다. 무엇을 예감한 듯 무표정한 얼굴에 멍한 눈만 깜박였다.

"너와 함께 있었던 시간이 즐겁지 않았다는 뜻은 아니지만 우린 가족으로 함께 살 사람이 필요해."

바바라가 조용히 말했다.

"오늘 아침에 자원 봉사단체에서 일하는 내 친구를 만나기로 했다. 그 친구가 특별한 고아들에 관한 얘기와 난민촌에 있는 미망인 수용소 얘기를 했어. 그곳을 운영하는 여자는 늘 아이들을 받아준다고 하더구나."

탐이 말했다.

"그곳에서 학교에 다닐 수 있어. 탐의 친구가 그러는데 간호사 훈련 프로그램을 운영하고 있다는구나."

바바라가 애써 명랑하게 말했다.

"그곳에는 너 같은 아프간 아이들이 많아. 우린 모든 사람들을 돌볼 수는 없어."

탐이 힘없이 말했다.

슈아우지아는 등을 똑바로 펴고 턱을 들었다. 그녀는 자신을 돌보는데 그들이 꼭 필요하지는 않았다.

"아이들은 제스퍼를 사랑해. 제스퍼에게 우리와 함께 살도록 했으면 좋겠는데. 제스퍼가 난민촌에서 제대로 된 생활을 하겠니?"

바바라가 힐끔거리며 말했다.

영문을 모르는 제스퍼는 슈아우지아에게 바짝 다가앉아서 커다란 발을 그녀의 무릎에 턱하니 올려놓았다.

"그럼, 여자 옷이 좋겠니? 남자 옷이 좋겠니?"

바바라가 다시 딱딱하게 말했다.

"남자 옷이요."

슈아우지아가 기어들어가는 목소리로 대답했다.

그녀는 다시 앞에 놓인 음식을 묵묵히 먹어치웠다. 어쨌든 밥은 먹어야 한다. 생각해 보면 지금 여기 그대로 있는 건 바다로 가는 자신의 꿈과 멀어지는 것이다.

슈아우지아는 난민촌으로 가는 내내 차 안에서 제스퍼를 안고 있었다. 옷에서는 아직도 비누냄새가 났다. 무릎에는 새로 산 샬와르 까미즈, 사탕, 제이크가 준 바퀴가 두 개 달린 장난감 차, 그리고 향이 나는 비누가 든 가방이 있었다.

바바라와 두 아이는 집에 있었고, 탐은 슈아우지아를 태우고 처음에 그녀를 데리고 왔던 길을 따라 운전하고 있었다. 탐은 바깥에 눈을 고정하고 아무 말도 하지 않았다.

나는 탐을 운전석 밖으로 밀어낼 수 있어. 슈아우지아는 탐이 튕겨나가서 고속도로로 데굴데굴 구르는 모습을 상상했다. 나는 탐 대신 바다로 차를 몰고 갈 수도 있다, 얼마나 거칠게 운전을 할까? 그녀는 뒷좌석에 앉아 이런 생각을 하고 있었다. 페샤와르에는 거칠게 운전하는 사람이 많다. 그녀는 단지 다른 한사람일 **뿐**이다.

그러나 슈아우지아는 그렇게 하지 않았다. 그녀는 탐을 고속 도로 밖으로 밀어내지도 않았고, 난민촌 입구를 통과해 복잡한 진흙담장길로 접어들었을 때에도 여전히 얌전하게 밴에 타고 있었다.

"여기서 잘 지내게 될 거야."

탐은 미망인 수용소 입구에 밴을 멈추고 말했다.

"여긴 아이들도 많고, 이곳을 운영하는 여자가 네가 오는 게 기쁘다고 했어."

슈아우지아와 제스퍼는 밴에서 내렸다.

"같이 들어가 줄까?"

탐이 물었다.

슈아우지아는 고개를 흔들었다. 고맙다고 인사하는 게 옳았다. 그녀는 고맙다고 말했다. 진심이었다.

그러나 탐이 차를 몰고 가는 것을 보자 그녀는 탐이 자신을 위해서 해준 일은 이 교도소에서 꺼내어 저 교도소로 집어넣는 일이라고 밖에 생각할 수 없었다.

"슈아우지아가 돌아왔어!"

아이들이 수용소에서 소리치며 나와 그녀와 제스퍼 주위로 몰려들었다. 제스퍼는 아이들과 키스했지만 꼬리를 빨리 흔들어 보이지는 않았다.

슈아우지아는 다시 고약한 냄새로 둘러싸였다. 옷에서 더는 비누냄새를 맡을 수 없었고, 꽃향기는 이미 그녀를 떠났다.

슈아우지아는 가방을 열어 사탕과 차, 그리고 살와르 까미즈를 꺼내 아이들에게 나눠 주었다. 그러나 비누만은 갖고 있었다.

제스퍼를 목욕시킬 때 쓰려고.

바다에 도착했을 때에도.

10
바다로 갈 거에요!

황홀하게 이어진 보라색 꽃밭과 푸른 벌판. 끝없이 펼쳐
있는 빛나는 파란 하늘과 붉은 태양. 나쁜 일은 절대로 일어나
지 않는 곳.

갖고 있던 사진에는 깊은 주름이 제법 잡혔다. 아주 오랫동
안 접은 채로 슈아우지아 주머니에 있었기 때문에 가장자리가
이젠 많이 닳아 있었다.

"난 이해가 안 가, 제스퍼."

슈아우지아가 말했다. 그들은 벽 옆 그늘에 앉아 있었다.

"나는 이 사진을 보며, 꽃 사이에 앉아 있는 상상을 하곤 했
어. 그러면 머리가 맑아졌어. 이곳은 신비한 장소였어. 그런데

지금은 이 사진이 그냥 잡지에서 찢은 종이 같아."

슈아우지아는 제스퍼에게 사진을 보여 주었다. 제스퍼는 머리조차 들지 않았다. 제스퍼도 이 사진을 지겹도록 봤다.

"네가 옳을지도 몰라. 잊어버려야 해. 돈을 벌려면 시간이 걸릴 텐데 다시 해낼 수 있을지 잘 모르겠어. 다시 시작해야 한다고 생각하니까 끔찍해. 거기다 보라색 꽃으로 가득 찬 들판이 뭐가 그리 대단하겠어? 어쩌면 가시가 엄청나게 많을지도 몰라. 아마 뱀도 있을 거야."

슈아우지아가 사진을 찢으려고 하자 제스퍼가 머리를 들고 낮게 으르렁거렸다.그래서 슈아우지아는 사진을 도로 접어 주머니에 넣었다.

슈아우지아는 좁은 골목길에 이어져 있는 진흙담장을 가만히 노려보았다.

"이곳에서 살 수는 없어. 남은 내 인생을 이 벽을 바라보며 언제까지 살 수는 없어."

슈아우지아는 땅에 드러누웠다. 그랬더니 머리가 제스퍼 머리와 가까워졌다.

"비밀 얘기해줄게. 아직도 난 프랑스로 가는 미련을 버리지 못했어. 물론 바다로 가는 미련도. 그렇지만 이젠 다시 혼자되고 싶지 않아. 내가 어떻게 해야 할까?"

슈아우지아는 조용히 말했다.

제스퍼가 슈아우지아 코에다 키스했다. 그건 물론 대답이 아니었지만 기분은 훨씬 좋아졌다.

지난날에 대해서 슈아우지아에게 물어보는 사람은 아무도 없었다. 위이라 아줌마가 틀림없이 그들에게 물어보지 않도록 시켰을 것이다. 어린아이들은 슈아우지아를 끌어안으며 그동안 보고 싶었다고 말했고, 똑같이 제스퍼를 안으면서도 보고 싶었다고 말했다. 하지만 그 누구도 슈아우지아에게 그동안 무슨 일이 있었으며, 왜 돌아왔는지 물어보지는 않았다.

처음에 슈아우지아는 또래 남자 아이들과 같이 있고 싶었다. 그녀는 괜히 누군가와 싸우고 싶었다. 그러나 며칠이 지나면서 분노는 차츰 사라졌고, 대부분 조용히 그늘에서 보내면서 지냈다.

위이라 아줌마만이 예전과 전혀 다른 방법으로 그녀를 못살게 굴었다.

아줌마는 허드렛일을 시키지 않았다.

"넌 바다로 가고 싶어 언젠가 이곳을 떠나고 싶겠지. 그렇지만 당분간 힘을 아껴야 해."

아줌마는 수용소 밖에 있는 UN이 만든 펌프에서 빈 주전자에 물을 채우는 슈아우지아에게 말하면서 그녀에게 주전자를 빼앗아 근처에 있는 아이들을 불러 물을 채우라고 했다.

그 일은 보름 전 일이었다. 다른 사람들이 열심히 일하는 동안 게으름을 피우며 여기저기 돌아다니는 일도 한동안은 재미있었지만 그것도 잠시였고 금새 지루해서 견디기 어려웠다.

"아직도 넌 여기 있니?"

위이라 아줌마가 슈아우지아 옆을 성큼성큼 걸어 반대편으로 가면서 말했다.

"너무 오래 쉬는 거 아니야? 너같이 활동적인 애가 그렇게 앉아만 있으면 엄청나게 따분할 텐데."

아줌마는 아주 빠른 걸음으로 계속해서 걸어갔다.

슈아우지아는 벌떡 일어섰다. 그녀는 뭔가 큰 소리를 지르고 싶었지만 뭐라 딱히 할 말이 생각나지 않았다. 할 수 없이 수용소 벽만 발로 냅다 걷어찼다. 제 발만 아파오자 화가 치밀었다. 상황을 더 악화시킨 것은 근처에서 이 광경을 지켜본 두 명의 아이였다.

아이들은 작은 돌멩이로 축구를 하다가 게임을 중단하고 오랫동안 슈아우지아를 비웃고 있었다.

"뭘 보는 거야? 왜 너희는 할 일도 많은데 놀면서 시간만 낭비하는 거야? 저기에 있는 빈 물주전자 안 보여? 얼른 가서 채워 와. 시키는 대로 해!"

슈아우지아는 아이들에게 고함을 치면서 점점 더 다가가 아이들 코앞에서 소리를 질렀다. 그녀는 잠시 숨을 멈췄고 아이들은 빈 주전자를 들고 UN펌프로 줄행랑쳤다.

"이것 참 재미있네!"

슈아우지아는 제스퍼에게 말했다. 그녀는 새로운 시각으로 수용소 주위를 둘러보았다.

"위이라 아줌마는 모든 일을 잘 처리한다고 생각해. 하지만 자세히 보면 제대로 처리 못 한 일이 천지야. 아줌마보다 내가 열 배는 더 잘할 수 있어. 이리 와, 제스퍼."

슈아우지아는 제스퍼가 꼼짝도 안 하고 있다는 것을 깨달았다. 제스퍼는 푹 퍼져서 그녀를 지켜보고 있었다.

그녀는 몸을 숙여서 제스퍼의 귀를 잡아당겼다.

"그런 눈으로 날 쳐다보지 마. 우린 바다로 갈 거야. 프랑스로 갈 거라고. 아줌마 곁을 떠나는 게 우리에게 얼마나 행복한 일인지를 편지로 써서 아줌마에게 줘야겠어. 그렇지만 내가 떠나고 싶을 때 갈 거야. 아줌마가 가라고 할 때 떠나는 게 아니고. 그러고 난 지금 당장 떠나고 싶지도 않아."

슈아우지아는 일을 하기 시작했다. 위이라 아줌마에게 명령도 받지 않고, 스스로 계획을 세웠다.

슈아우지아는 나이가 많은 아이들을 모아 물건 모으는 모임을 조직했다. 아이들은 난민촌 이곳저곳을 돌아다니며 흩어져 있는 나무판이나 파이프 조각, 그리고 쓰임새가 있다고 생각되는 물건을 모아왔다.

또 슈아우지아는 어린아이들에게 산수를 가르쳤다. 아이들에게 돌멩이를 이용해서 숫자 세는 방법을 가르쳤다.

"언젠가 너희도 일하게 될 거야. 그때 셈을 하지 못하면 가게 주인이 너희를 속여도 알 수가 없어."

슈아우지아는 창고에서 수용소에 배당된 밀가루와 식용유를 타왔고, UN펌프에서 물도 길어 왔다. 슈아우지아는 위이라 아줌마와 마주쳤지만 아줌마는 그냥 스쳐갔다.

슈아우지아는 친구도 사귀었다. 화르자나는 그녀보다 몇 살 더 어렸고 수용소에 새로 들어왔다. 화르자나는 난민촌에서 숙모와 살다가, 숙모가 죽고 나서 돌봐줄 사람이 없어지자 위이라 아줌마가 미망인 수용소로 데리고 왔다.

"그분은 내 진짜 숙모가 아니야. 진짜 숙모는 돌아가셨어. 그 후로 여러 사람이 나를 맡았어. 이곳에는 사람들이 많아서 여기로 온 것이 기뻐. 이제 누군가가 죽어도 다시 어디로 가지 않아도 되니까."

화르자나가 슈아우지아에게 말했다.

두 사람은 슈아우지아가 수용소 밖으로 심부름을 갈 때 자주 같이 갔다. 화르자나도 친구가 생긴 것이 기뻤다. 슈아우지아는 정말로 파르바나를 다시 만나게 된 것만 같았다.

난민촌에는 모든 것은 붕괴되기 직전이었다. 이곳에 사는 사람들도 마찬가지였다. 매일 슈아우지아와 화르자나는 사람들이 벽에 기대어 허공을 쳐다보며 앉아 있는 모습을 보았다. 사람들은 슬퍼보였다. 슈아우지아는 그들이 다시 웃을 수 있을지 궁금했다.

이곳을 나가야만 해, 저 사람들처럼 인생을 끝낼 수는 없어, 슈아우지아는 생각했다.

여름의 열기는 진흙담장과 거리를 후끈하게 달구었다.

"오븐에 구운 빵을 먹고 싶어."

화르자나가 유난히도 더운 어느 오후에 말했다.

바람 한 점 없는 날이었다. 그들은 가능한 한 멀리 사람들에게서 떨어져 가장 서늘하다고 생각되는 곳에 앉았지만 만족스럽지 못했다. 두 사람만이 있을 수 있는 곳에 있으려면 그들은 하수구에서 나는 악취를 견뎌야 했고, 냄새가 덜 나는 곳에 있고 싶으면 사람들을 견뎌야 했다.

더운 열기 속에서 아기들은 야단법석이었고, 많은 아이들이 배앓이를 했다. 수용소는 아기들의 울음소리와 칭얼거림으로 가득 차 있었다.

"바다는 시원할 거야."

슈아우지아는 아무 생각 없이 말했다.

"무슨 바다?"

화르자나가 물었다.

"카라치라는 도시 옆에 있는 아라비아 해. 그곳 물은 인도양으로 흘러가."

슈아우지아가 말했다.

"바다가 뭐야?"

화르자나가 물었다.

슈아우지아는 깜짝 놀랐다.

"바다는, 저…… 한 장소에 물이 아주 많이 모인 곳이야."

화르자나는 잠시 조용했다.

"난민촌에도 바다가 있어. 저녁때 내가 데려다 줄게. 숙모와 함께 살던 곳에 있어."

그들은 그늘에서 잠이 들었다. 위이라 아줌마가 어딘가에서 명령하면서 소리를 질러도 그들은 아줌마 말을 못 들은 척 했다.

"여기가 바다야."

그날 늦게 그들은 네모난 시멘트 연못 앞에 서 있었다. 크기는 아마 가로세로 30걸음쯤 되었다. 연못은 물로 가득 차 있었으나 쓰레기, 녹색 이끼 그리고 오물로 가득 차 있었다.

모기떼와 다른 벌레들도 공중을 맴돌고 있었다.

슈아우지아는 한 여자가 물동이를 더러운 연못에 담가서 물을 뜨는 모습을 지켜보았다.

"이건 바다가 아니야. 바다는 사람이 아무리 봐도 끝이 없고 아주 깊고 파랗고 냄새도 좋아. 난 그곳에 갈 거야."

슈아우지아가 말했다.

"나도 한번 보고 싶어. 나도 데려가 줘."

화르자나가 말했다.

"널 바다로 데려갈 수 없어. 바다는 너무 멀어. 나도 그곳에 가는데 너무 많은 어려움을 겪고 있어. 게다가 지금은 바다로 가는 게 일단 정지된 상태야. 누구든지 내가 바다로 가는 데 장애가 되질 않길 바라. 그런데 어떻게 너를 데리고 갈 수 있겠니?"

화르자나는 슈아우지아에게 등을 돌렸다.

"나도 필요 없어. 혼자서도 바다에 갈 수 있어."

슈아우지아는 화르자나가 걸어가는 뒷모습을 지켜보았다. 이런 여자 이이는 머리를 똑바로 들고 걸었지만 슈아우지아는 화르자나가 마음을 다쳤다는 것을 알고 있었다.

"'그래' 라고 해야 했었는데."

슈아우지아는 제스퍼에게 말했다.

"물론 거짓말이지만 잠시라도 화르자나를 행복하게 해줄 수 있었는데."

가끔 옳은 일이 무엇인지 알고 있다는 것이 힘이 들었다.

슈아우지아는 서둘러서 친구를 쫓아갔다.

"알았어. 데려갈게. 우리같이 바다로 가자."

슈아우지아가 말했다.

11
폭동

슈아우지아는 얼굴에 난 땀 위로 파리들이 꼬이지 않게 연방 손을 저어댔다. 주위에 있는 사람들도 똑같이 그렇게 했다.

"여기 올 때마다 기다려. 우리가 꽤 할 일도 없다고 생각하지? 어쨌든 일거리를 찾아야 하는데."

슈아우지아 옆에 있는 남자가 말했다.

"이 근처에 할 일이 있어요?"

슈아우지아가 물었다.

"페샤와르에 일거리가 있어."

남자가 대답했다.

슈아우지아는 파리를 쫓아내면서 생각에 잠겼다. 그녀는 페샤와르로 돌아갈 준비가 돼 있지 않았다.

슈아우지아는 수백 명의 사람과 난민촌 중앙창고에 앉아 있었다. 사람들은 밀가루를 배분해 주기를 기다리고 있었다.

"저녁때 타오면 안 되나요?"

슈아우지아가 위이라 아줌마에게 물었다.

"그때쯤이면 우리 할당량은 없어질 거다. 가서 순서가 오면 우리 밀가루를 꽉 움켜잡아야 해."

자원 봉사자가 커다란 트럭으로 밀가루를 가져온다.

오후 늦게 창고 담당이 사람들에게 말했다.

"오늘 밀가루는 없어. 집으로 돌아가."

"밀가루가 없다니 그게 무슨 말이야? 내가 창문으로 있는 거 봤어. 난 먹여 살려야 할 아이들이 있단 말이야."

한 남자가 소리쳤다.

"저 밀가루는 다른 사람들 거야. 오늘은 너희한테 줄 게 없어. 빨리 집으로 가."

창고 담당이 말했다.

어쩔 수 없었다. 슈아우지아와 사람들은 돌아갔다.

"며칠간은 밀가루 없이도 살아갈 수 있어."

위이라 아줌마는 슈아우지아가 오늘 일어난 일을 보고하자 이렇게 말했다.

"어떻게요?"

슈아우지아가 물었다.

탐과 바바라 집에 있던 가득 찬 선반과 냉장고의 모습이 머릿속에 떠올랐다. 슈아우지아는 빨리 그 생각을 지워버렸다.

"그럭저럭 지낼 수 있어."

아줌마가 말했다. 그들은 조금 덜 먹으면서 지냈다.

슈아우지아는 밀가루를 분배받기로 한 날 창고로 다시 갔다. 그런데 같은 일이 반복되었다. 이번에도 빈손으로 돌아왔다.

그 다음 주에도 같은 일이 또 반복되자, 슈아우지아는 짜증이 났고 배가 고팠다.

"도시로 돌아가야겠어요. 일거리를 찾으면 먹을 것을 살 수 있을 거예요."

슈아우지아는 위이라 아줌마에게 투덜거렸다.

"그렇지만 어떻게 여기로 음식을 가져올 수 있겠니? 말도 안 되는 소리야."

아줌마가 말했다.

"제가 왜 여기로 음식을 가져와야 하죠? 전 여기 있는 사람들에게 아무런 책임이 없어요!"

"그래, 그렇지. 나도 그래. 하지만 우린 멀쩡한 두 다리, 멀쩡한 두 팔, 멀쩡한 두 눈, 그리고 일할 수 있는 마음을 갖고 있어. 우리가 당연한 것처럼 가진 것을 갖지 못한 사람들도 있어. 우린 그들에게 책임이 있는 거야."

"그럼, 뭐라도 하자고요. 수용소에 있는 사람들은 다 배가 고파요. 그런데 우린 멀쩡한 두 다리를 갖고 그냥 앉아서 아무 일도 안 하고 있잖아요."

"난민촌 운영자를 만났어. 지금 여기서 우리가 할 수 있는 일은 없어. 밀가루를 보내주는 자원봉사 단체는 기부금에 의존하고 있어. 기부금이 없어서 밀가루를 살 수 없나 봐."

"창고에 밀가루가 있어요. 그냥 쌓아 놓았다고요. 제가 창문으로 봤어요."

"그 밀가루는 다른 사람들 거야."

"그럼, 우린 굶어 죽어요?"

"다른 여성단체에 연락해 놨어. 그들이 우릴 도와줄 거야. 어려워도 그때까지 참고 기다려야 해."

슈아우지아는 초초하게 발을 동동 굴렀다.

"인내심은 정말 싫어. 그렇지 않니, 제스퍼?"

제스퍼는 동의한다는 뜻으로 꼬리를 흔들었다.

슈아우지아는 호텔 쓰레기통을 습격했던 일이 생각났다. 한 가지 생각이 떠올랐다.

"창고담당은 앞문만 지켜. 그들은 뒤에 있는 창문은 지키지 않아. 너무 게을러서 그래."

슈아우지아는 화르자나에게 말했다.

그들은 계획을 세웠고, 다른 아이들 도움이 필요했다. 아이들도 좋다고 말했다. 모두 배가 고팠다.

그들은 다음날 이른 새벽에 수용소를 나갔다. 제스퍼도 따라 갔다. 어른들은 아이들이 나가는 것을 아무도 보지 못했다.

화르자나와 남자 아이 하나는 창고 앞으로 갔다. 그들의 임무는 창고 담당자들에게 말을 시키면서 끊임없이 질문을 하는 것이다. 나머지 아이들은 창고 뒤로 갔다. 슈아우지아는 수용소 부엌에서 빌려온 칼로 창문을 열었다.

그들은 곧 밀가루 자루를 창문 밖으로 내왔고, 가져온 수레에 실었다.

그러나 슈아우지아는 창고를 빠져나가려면 어찌해야 하는지 몰랐다. 누군가가 볼 거라는 생각을 미처 하지 못했다. 난민촌에는 사람들이 많았고, 그들은 대부분 아무 일도 안 하고 주위 사람을 지켜보는 사람들이다.

맨 처음 어른들이 나타났을 때 마차에는 겨우 밀가루 절반만이 채워져 있었다. 어른들은 아이들을 밀치고 수레에서 밀가루를 낚아채려고 했다. 아이들은 뺏기지 않으려고 수레 위로 올라타 밀가루를 몸으로 감쌌다.

시끄러운 소리 때문에 창고 담당이 왔고, 창고 담당이 소리치는 바람에 사람들이 더 많이 몰려왔다.

한순간에 사람들이 모여들었다. 사람들은 창문을 밀고 들어가기도 했고, 밀가루를 가져가려고 앞문을 부수려고 했다. 사람들은 점점 더 늘어났으며, 결국 완전한 폭동이 일어고 말았다.

굶주리고 절망에 빠진 거대한 군중이 창고 주위에 벌떼처럼 모여들었다. 슈아우지아는 화르자나와 같이 있는 아이들 걱정이 앞섰지만 그들에게 갈 수가 없었다. 어른들은 점점 더 많아졌고, 배고픔과 분노로 미쳐가고 있었다.

사람들은 커다란 고함을 내면서 서로 밀쳐댔다. 그들은 몽둥이로 창고를 부수었고, 창고에 가까이 가지 못한 사람들을 서로 두들겨 팼다.

슈아우지아는 여전히 밀가루 자루를 품 안에 단단히 잡고 있었다. 그것으로 자신을 보호히면서 사람들을 밀쳐냈다.

누군가가 밀가루를 잡아당기기 시작했다. 슈아우지아가 올려다보았다. 자신보다 두 배나 큰 남자가 밀가루를 잡아당기고 있었다.

"배고픈 아이들이 있어!"

남자가 소리쳤다.

"나는요?"

슈아우지아도 같이 고래고래 소리 질렀다.

남자는 그녀보다 훨씬 더 크고 힘이 셌다. 남자는 팔을 들어 주먹으로 슈아우지아의 머리를 내리쳤다. 순간 슈아우지아는 머리가 핑 돌면서 땅바닥에 넘어졌다. 머리가 쿵하고 진흙담장에 부딪혔고, 남자가 밀가루를 가지고 도망가는 것이 보였다.

슈아우지아는 일어나서 남자를 쫓아가고 싶었다. 쫓아가서 자신을 때린 방법과 똑같이 남자를 때리고, 밀가루를 되찾아 자신과 친구를 먹여 살리고 싶었다. 그러나 생각은 뇌에서 몸으로 전달되지 않았다. 할 수 있는 일은 땅에 누워서 사람들의 다리가 이리저리 뒤엉키는 것만 지켜보는 것뿐이었다. 자루에서 터져 나온 밀가루가 여기저기 흩뿌려지고 있었다. 밀가루가 공중에서 소용돌이치며 진흙 위로 내려앉자, 슈아우지아 주위는 카불의 겨울처럼 하얗게 보였다.

폭도들은 슈아우지아에게는 관심도 없었다. 그녀의 몸은 이리저리 굴러다녔으며, 사람들이 그녀 주위로 돌진해서 그녀를 넘어다니기도 했다. 그들은 슈아우지아를 사람이 아닌 통나무처럼 짓밟고 다녔다.

거대하고 뚱뚱한 사람이 슈아우지아의 다리를 밟았다. 슈아우지아는 몸에서 뭔가가 부서지는 것을 느꼈고, 고통으로 울부짖었다. 하지만 그녀의 울음소리는 폭도들의 고함에 파묻혀 버렸다.

잠시 후 뭔가가 머리에 부딪혔다. 그리고 모든 것이 깜깜해졌다.

제스퍼가 슈아우지아를 발견했을 때는 그녀는 이미 의식을 잃은 상태였다. 제스퍼는 가까이 다가오는 사람들에게 사납게 짖어대면서 분노한 군중에게서 그녀를 보호하며 사투를 벌였다.

12
병원에서

슈아우지아는 머리가 바위 밑에 깔린 것 같았다. 주위에서 나는 소리는 모두 생소했다. 눈을 떠보려고 애를 썼다. 한쪽 눈이 약간 떨어졌지만 앞을 볼 수 없었다. 의식은 점점 사라졌다.

얼마 후 슈아우지아는 의식을 되찾아 겨우 모기만한 소리를 낼 수 있었다. 가슴과 머리를 심하게 다쳤지만 더 심각한 것은 다리였다. 슈아우지아는 입을 벌려 흐느껴 울었다. 그러다 의식을 다시 잃었다.

"슈아우지아."

누군가 길고 긴 터널 저편에서 자신의 이름을 부르는 것 같았다.

"슈아우지아."

차츰차츰 터널이 짧아졌다.

"괜찮아, 슈아우지아. 깨어나야 해."

낯익은 목소리가 들렸지만 슈아우지아는 머리가 너무 아파서 정확히 무슨 말인지 알 수 없었다.

"슈아우지아! 안 돼! 깨어나! 이럴 수는 없어!"

슈아우지아는 간신히 한쪽 눈을 뜨고 앞에서 맴도는 위이라 아줌마의 얼굴을 바라보았다.

"뭐……."

"여긴 병원이야. 약간 부딪쳤을 뿐이니 놀랄 일은 아니야. 곧 나아질 거야."

위이라 아줌마가 말했다.

위이라 아줌마의 기운차고 쾌활한 목소리는 오히려 슈아우지아의 귀를 따갑게 했다. 그녀는 팔을 약간 내저으며 아줌마에게 가라는 표현을 했다.

"아니야, 나한테 고마워할 필요까진 없어."

위이라 아줌마는 슈아우지아의 손을 잡아 자신의 강한 두 손 사이에 넣으면서 말했다. 그 순간 슈아우지아는 자신이 안전하다고 느꼈다.

그때 위이라 아줌마가 다시 말했다.

"네가 매일 말썽만 피워 나한테 미안해 한다는 거 알아. 그

건 나중에 얘기하자. 지금 당장은 그냥 쉬면서 몸을 회복해야
해. 어서 예전 모습으로 다시 돌아가야지."

슈아우지아는 위이라 아줌마가 일어설 때 침대가 약간 흔들
리는 것을 느꼈다. 그녀는 다시 눈을 감고 위이라 아줌마가 병
문안을 짧게 끝내주는 것에 감사했다.

"당신이 슈아우지아를 한동안 데리고 있으면서 간호사 훈련
을 해주면 어떨까요?"

위이라 아줌마는 병원 직원에게 천둥처럼 큰 소리로 말하고
있었다.

슈아우지아는 저항할 힘도 없었다. 위이라 아줌마는 늘 자기
멋대로였다.

다음날 슈아우지아는 기운을 조금 회복하여 눈을 크게 뜰 수
있었고 다리에 감겨 있는 커다란 깁스도 볼 수 있었다.

"갈비뼈에 금이 갔어. 한동안 가슴이 아플 거야. 걱정 마. 곧
나을 거야. 머리는 생각보다 괜찮데. 넌 두꺼운 두개골을 가지
고 있더라고. 다친 것 같지는 않아. 네 얼굴 좀 봐. 온통 멍투성
이야."

간호사가 말했다.

"온몸이 다 쑤시고 아파요. 진통제 좀 줄 수 있어요?"

슈아우지아가 말했다.

거울이 없었기 때문에 슈아우지아는 자신의 모습이 어떤지

신경 쓸 필요도 없었다.

"그냥 참아. 진통제가 부족해. 모든 것이 다 부족해. 고통은 시간이 지나면 괜찮아질 거야."

간호사가 말했다.

"다리는 괜찮겠지요?"

슈아우지아는 대답을 듣기가 두려웠다.

"좀 부러졌어. 6주 정도 깁스하면 다 나을 거야."

"6주요!"

"목소리 좀 낮춰. 다른 곳으로 가고 싶니?"

"물론이죠. 그럼, 제가 여기에 있고 싶어 한다고 생각하세요?"

"누구도 이곳에 있고 싶은 사람은 없어. 그런데도 있는 거야."

"알아요. 그래도 전 여기 있기 싫어요."

슈아우지아는 단호하게 말했다.

"죄수로 너를 잡아 두진 않아."

간호사는 옆 침대에 있는 여자의 붕대를 살피면서 말했다.

"이런 다리로 어떻게 걸어요?"

"네 다리는 단순히 부러진 거야. 잘린 게 아니라고. 불평 좀 그만 해. 그래도 넌 다른 사람들보다 운이 좋은 편이야."

간호사가 문쪽으로 걸어갔다. 슈아우지아는 방을 가로질러 나가는 간호사에게 소리쳐 대꾸하지 못했다. 너무 아파서 소리칠 수 없다고 느끼지만 않았어도 큰 소리를 질렀을 것이다.

"분명히 위이라 아줌마의 사주를 받았을 거야."

슈아우지아는 중얼거렸다.

"인내심을 가져야 해. 모든 치료에는 인내심이 필요해."

옆에 있는 여자가 말했다. 여자는 붕대를 잔뜩 감고 있었다. 한쪽 눈 부분을 제외하고 얼굴을 온통 붕대로 감고 있었다. 여자의 목소리는 귀에 거슬렸고 나이 들어 보였다.

"인내심은 이미 참는 것을 더 참으라는 거예요. 참는다고 상처가 낫지는 않아요. 인내심이란 단지 아줌마가 좀 더 안 아프고 싶은데 그걸 못하게 하는 것뿐이라고요. 계속 참기만 하면 아줌마는 돌이 될 거라고요."

슈아우지아가 대답했다.

"인내와 성급함 중 하나를 꼭 선택해야 한다면 인내심이 마음을 훨씬 편하게 해준다는 사실을 너도 곧 알게 될 거야."

"그건 아줌마한테나 좋은 거죠. 아줌마는 나이가 많고, 하려고 해도 별로 할 수 있는 일도 없을 거예요. 그렇지만 난 젊고 계획도 있어요."

"몇 살이야?"

"열네 살."

"난 열여섯 살이야"

여자가 말했다.

슈아우지아는 너무 놀라 한동안 말을 잇지 못했다. 그리고 가까스로 물어보았다.

"무슨 일이 일어난 거죠?"

"어떤 남자가 얼굴에 산을 뿌렸어."

"왜 그런 거지?"

"내가 하는 행동이 못마땅했대. 난민촌에서는 안전할거로 생각했는데…… 하지만 세상 어디에도 내가 안전한 곳은 없어."

"그 남자가 싫어한 행동이 뭔데?"

"그의 딸에게 읽는 법을 가르쳤거든."

"탈레반이었어?"

"그게 중요하진 않아! 나쁜 사고방식을 가진 남자라고 모두 탈레반은 아니야. 말하는 게 힘들어서 쉬어야겠어."

슈아우지아는 여자를 쉬게 해 준 다음 잠에 빠져들었다.

깨어났더니 옆에 있던 여자는 없었다.

그녀는 지나가는 간호사 팔을 잡았다.

"어디 갔어요?"

슈아우지아는 침대를 고개로 가리키며 물었다.

"이겨내지 못했어."

"죽었다는 뜻인가요?"

"애야, 날 가게 해 줘."

"당신이 돌보지 않았어. 그렇지? 사람이 죽었는데도 하나도 슬퍼 보이지 않잖아. 당신은 도우려고 노력조차 하지 않았어!"

간호사는 팔을 뿌리쳤다.

"여기서 얼마나 많은 사람이 죽어나가는지 아니? 어떻게 내가 그 많은 사람을 위해 울 수 있겠니? 네가 하는 일이라고는 고작 거기에 누워서 불평하는 게 전부이면서 어떻게 감히 나를 비난할 수 있어!"

"됐어. 그만해."

그때 나이 든 간호사가 왔다.

"우리에게 뭘 기대하니? 붕대도 부족하고, 음식도 부족하고, 물도 부족해."

간호사의 목소리는 절망으로 점점 더 높아져 갔다.

"오늘 아이 세 명이 더 죽었어. 무슨 놈의 병원이 이러냐고? 동물 농장도 이거보다는 나아."

"그만 해!"

나이 든 간호가사 날카롭게 말했다.

"너 환자한테 뭐하는 짓이야? 가서 쉬면서 마음을 가라 앉혀. 이런 식으로 해봤자 아무 소용 없어."

간호사는 울면서 밖으로 뛰어나갔다. 나이 든 간호사는 다시 일하기 시작했다.

슈아우지아는 머리를 돌렸다. 비어있는 침대를 보고 싶지 않았다.

다음날 그녀는 지팡이를 받았다.

"이걸로 걷는 연습을 해라. 너무 멀리 가지는 마. 다른 사람들도 오늘 사용해야 하니까."

간호사가 말했다.

비록 어색하긴 했지만 지팡이를 사용해서 움직이니까 기분이 훨씬 나아졌다. 슈아우지아는 병원에서 조금 떨어진 곳까지 걸어갔다가 돌아오려고 몸을 돌렸다.

그때 슈아우지아는 멈추어 서서 병원을 물끄러미 바라보았다.

병원은 커다란 텐트로 지어졌고, 그 안으로 산들바람이 들어가도록 문을 열어놓았다. 침대 사이사이에 있는 천으로 만든 칸막이는 비록 많지는 않았지만 사람들에게 개인 공간을 만들어 주었고, 먼지도 막아 주었다. 병원 가장자리에는 환자 가족이 땅바닥에 앉아서 환자가 낫기를 기다리고 있었다. 아이들은 울었고, 간호사와 의사들은 환자들 상처를 소독하고 붕대를 감아주며 고통과 슬픔으로 우는 사람들에게 위안을 주느라 분주히 움직이고 있었다.

슈아우지아가 지팡이를 반환하는지를 확인하려고 감시하는 사람은 아무도 없었다. 그녀는 몸을 돌려 좁고 진흙담장으로 된 거리로 들어섰다. 병원은 뒤로 멀어져 갔다. 슈아우지아는 그곳을 빠져나가고 있었다.

우선 제스퍼부터 찾아야 했다. 병원에는 제스퍼가 들어올 수 없었다. 슈아우지아는 먼저 수용소로 가서 제스퍼를 데리고 한

마디 말도 없이 그곳을 떠날 작정이다.

위이라 아줌마도, 아픈 사람도, 절망적인 사람도, 미친 사람
도 없는 곳으로,

제스퍼와 함께 파란 바다가 있는 그곳으로.

13
수용소

슈아우지아는 점점 나아지고 있었다. 하지만 지팡이를 잡고 걷는 일은 힘들었다. 땀이 가슴으로 흘러내렸고, 다리는 고통스러운데다 가렵기까지 했다. 병원 침대로 돌아갈까 하는 마음도 들었지만 마냥 계속해서 걸었다.

"애야, 이렇게 더운데 어딜 그렇게 걸어가니?"

길가에 앉아 있던 한 노인이 슈아우지아가 옆을 지나쳐가자 큰 소리로 물었다.

"할아버지, 이렇게 더운데 뭘 기다리고 계세요?"

"그냥 기다리는 거야. 이게 내가 할 일이야. 뭘 기다리는지는 기억이 안 나. 그냥 기다리는 거야. 언젠가는 너도 나처럼 기다리게 될 거야."

노인이 대답했다.

"아니요. 절대 그렇지 않아요!"

슈아우지아가 소리를 버럭 질렀다.

"이 더운 날씨에 어디로 갈 건데? 갈 곳은 없어. 이 거리나 저 거리나 다 똑같아. 언젠가 너도 알게 될 거야. 그러면 너도 이렇게 앉아서 기다리게 될 거야."

슈아우지아는 노인이 계속 말을 하는데도 지나쳐 버렸다.

그녀는 그런 사람들을 아주 많이 지나쳤다. 그들의 눈은 슈아우지아가 길을 따라 친천히 서투르게 걸어가는 모습을 쫓으면서 그 자리에 고정되어 있었다. 지팡이는 그녀에게 너무 짧았고 그 길이에 맞추려고 상체를 구부리면 등이 아팠다. 슈아우지아는 앉아 있는 사람들에게 아무 말도 하지 않았고, 그들도 그녀에게 아무 말도 하지 않았다. 그들은 그냥 지켜보며 기다릴 뿐이었다.

다리가 심하게 아팠다. 너무 무덥고 너무 지쳤다. 태양을 피해 어딘가에 다리를 올려놓아야 했다.

슈아우지아는 병원으로 돌아가려고 했지만 완전히 길을 잃었고 말았다.

슈아우지아는 어디로 가는지도 모른 채 걷기만 하였다. 난민촌 길은 모든 방향으로 다 통해 있었다. 슈아우지아는 위이라 아줌마의 심부름을 할 때도 이 지역에는 와본 적이 없었다. 그녀는 어디로 가야 할지 어떻게 돌아가야 할지 막막했다.

할 수 없이 슈아우지아는 미망인 수용소가 어디에 있는지 앉아서 기다리는 사람들에게 물어보았다. 한 남자는 마음속으로 질문을 되새기고 있었고, 그동안 슈아우지아는 조급증을 내며 지팡이에 기대고 있었다.

다른 남자가 다가왔다.

"왜 그래?"

그 남자가 첫 번째 남자에게 물었다.

"이 아이가 미망인 수용소를 가르쳐 달라는데."

"왜 물어보는데, 애야?"

두 남자는 또 다른 사람의 시선을 끌면서 말하고 있었고, 또 다른 남자가 다가오자 세 남자는 또 다른 사람의 시선을 끌었다. 곧 십여 명의 남자들이 좁은 거리에 모여서 미망인 수용소로 가는 방향을 토론했다. 심지어는 수용소가 있는지 없는지에 대한 질문조차 제기되었다.

"왜 그곳에 가려고 하는데?"

한 사람이 그녀에게 다시 물었다.

"그곳에서 음식 때문에 폭동이 일어났다는 거 모르니? 거기 사람들과 멀리하는 게 좋아. 그런 식으로 사는 여자들에겐 좋은 일이 일어날 게 하나도 없어."

결국 토론은 음식 폭동으로 바뀌었다. 남자들은 과부들이 창고 문을 열려고 폭탄을 터트렸다고 말했다.

슈아우지아는 남자들과 그들의 미친 얘기에서 벗어나려고 좁은 길을 따라 미끄러지듯이 내려왔다. 그녀는 눈에 익숙한 것이 나타나기를 희망하면서 이 골목, 저 골목으로 계속해서 걸어다녔다. 갑자기 진흙담장길이 나타나더니 결국 끝없이 이어진 텐트의 행렬이 슈아우지아 눈앞에 나타났다.

그곳은 새 난민촌이었다. 위이라 아줌마가 얘기해준 적은 있었지만 직접 와 본 적은 한 번도 없었다.

"이 난민촌에는 더 이상 사람들을 받을 공간이 없어. 그런데 사람들은 계속해서 밀려오고 있어. 아니면 달리 어디로 가겠니? 그들은 빈털터리야. 어떤 사람들은 텐트를 구하는 데 여섯 달 이상 기다리기도 해."

위이라 아줌마가 말했다.

슈아우지아는 몸을 돌렸다. 미망인 수용소는 아무 곳에도 없었다. 복잡한 진흙담장길로 다시 돌아가야겠다는 생각으로 슈아우지아는 다시 한 번 방향을 돌렸다. 그러다 문득 그녀는 새 난민촌을 통과하면 미망인 수용소로 가는 지름길을 찾을 수 있을지도 모른다는 생각이 들었다. 방향을 생각해보면 그렇게 하는 것이 맞는 것 같았다.

슈아우지아는 새 난민촌 안으로 걸어갔다.

하지만 그곳에는 슈아우지아의 방향 감각을 일깨워줄 만한 길이나 골목이 없었다. 간신히 텐트 사이로 걸을 수 있는 공간만이 있었고, 그것마저 없는 곳도 태반이었다.

옆에 UNHCR유엔 난민 고등 사무소라는 크고 검은색 글자가 찍힌 흰색 천으로 만든 텐트를 가진 사람들도 있었고, 넝마를 기워 만든 텐트에 사는 사람들도 있었다. 또 나무토막 위에 얇은 비닐 시트를 펼쳐서 만든 텐트를 가진 사람들도 있었다.

슈아우지아는 몇몇 텐트 안으로 머리를 들이밀고 물었다.

"미망인 수용소가 어디 있는지 아세요?"

텐트 안 사람들은 슈아우지아를 공허한 눈으로 쳐다보기만 했다. 안의 공기는 바깥공기보다 훨씬 더 후텁지근했지만 사람들은 안에 있어야 했다. 바깥에는 앉을만한 공간이 아무데도 없었다.

"내게 지팡이를 줘."

텐트에서 한 사람이 외쳤다. 슈아우지아는 허리를 굽혀 앉아 있는 나이 든 여자를 보았다. 여자는 한쪽 다리가 없었다.

"지팡이 좀 줘, 이곳에서 나가고 싶어. 끔찍한 이곳이 정말 싫어."

슈아우지아는 서둘러 나왔다. 그러다가 그녀는 천막 못에 걸려 넘어져 딱딱한 땅 위에 큰 대자로 나자빠졌다.

근처에 서 있던 아이들은 그녀를 비웃었다. 그러나 슈아우지아는 아이들이 따분해하던 참에 자신이 즐거움을 주었다는 것을 알고 있었다. 하지만 계속해서 아이들에게 즐거움을 줄 기분은 아니었기 때문에 한쪽 지팡이로 아이들을 때리려고 했다.

"그런 행동 하면 못써."

한 남자가 슈아우지아가 일어나도록 도우면서 말했다.

"네가 형이잖아. 아이들에게 친절하게 행동하는 법을 가르쳐 줘야지."

슈아우지아는 고맙다는 말도 하지 않고, 절뚝거리며 걸어갔다.

슈아우지아는 멀리서 트럭 소리를 들었고, 사람들이 주전자와 그릇을 가지고 그 주위로 몰려드는 것을 보았다. 슈아우지아도 사람들을 따라갔다.

물 트럭이다. 안전요원은 차례를 지키도록 줄을 세웠지만 사람들은 너무 목이 말라 있었다. 그들은 트럭 주위로 우르르 몰려들었다.

슈아우지아는 모인 사람들 맨 끝에 있는 작은 오르막길 꼭대기에 서서 그들을 지켜보았다.

귀중한 물을 간신히 주전자에 가득 채운 사람들은 복잡한 틈을 비집고 나오느라 바닥에다 물을 대부분 쏟았다. 어떤 남자는 주전자를 바닥에 떨어뜨리자 다시 물을 채우려고 트럭 쪽으로 향하다가 사람들을 뚫고 갈 수 없다는 것을 알고는 주전자를 흔들어 다른 사람의 머리를 내리쳤다. 맞은 사람도 화가 나서 그를 때리자 곧 거대한 싸움으로 번져갔다.

슈아우지아는 방향을 돌려 걸어갔다. 그녀는 남은 다리마저 부러지고 싶지 않았다.

슈아우지아는 텐트 행렬 끝에서 약간 울퉁불퉁한 길을 발견했다. 자원봉사 단체가 사용하던 차와 비슷한 흰색 밴이 그녀를 향해 달려오고 있었다. 그녀는 길 한복판으로 뛰어들어 차를 멈추었다.

"저는 길을 잃었어요."

자원봉사자가 밴에서 내렸다.

"어디에 사는데?"

"난 바다에 살아요!"

슈아우지아는 울기 시작했다.

"난 프랑스에 살아요! 악취도 나지 않고, 비명도 들리지 않고, 다른 사람들이 날 밀치지도 않는 보라색 꽃들이 있는 들판에 살아요! 그곳이 내가 사는 곳이에요."

자원봉사자는 슈아우지아가 밴에 타도록 도와줬고, 울음이 그치기를 기다렸다가 물었다.

"지금은 어디에 살고 있니?"

슈아우지아는 뺨을 타고 흐르는 눈물을 닦았다.

"미망인 수용소요."

그들은 출발했다. 텐트의 물결과 슬픈 사람들의 울부짖음은

영원히 계속될 것만 같았다.

"저 사람들은 누구예요?"

슈아우지아가 물었다.

"아프가니스탄을 막 떠나온 사람들이야. 미국이 공격하기 전에 국경선을 넘어 사람들이 몰려오고 있어."

자원봉사자가 말했다.

"미국이 공격할 건가요?"

"뉴욕에서 발생한 사건 때문에 화가 났거든."

"무슨 사건이요?"

자원봉사자는 한 손으로는 핸들을 잡고, 다른 손으로는 바닥에서 뭔가를 집었다.

"이것 봐."

그는 슈아우지아에게 신문 한 장을 주었다.

슈아우지아는 사진을 보았다. 폐허가 된 건물에서 연기가 뿜어져 나오고 있었다.

"카불 같아요."

그녀는 바닥에 신문을 도로 떨어뜨리면서 말했다.

슈아우지아는 머리를 창문에 기댔다. 그들이 차를 몰면서 지나쳐가는 사람들은 뭔가를 폭파시킬 만큼 강해 보이지 않았다. 슈아우지아는 눈을 감았고, 미망인 수용소에 도착할 때까지 뜨지 않았다.

병원 침대는 다른 사람에게로 돌아갔다고 위이라 아줌마가 말했다. 아줌마는 슈아우지아가 쉬도록 그늘에다 챠르폴리간이 침대를 만들어 주었다. 제스퍼는 침대 아래에 앉았고, 수용소 아이들은 몰려들어 이야기 해달라고 졸라댔다. 위이라 아줌마는 슈아우지아가 쉴 수 있도록 아이들을 쫓아냈다.

다음날 미망인 수용소는 공격을 받았다. 대여섯 명의 남자들이 수용소를 들이닥쳐 남자들의 보호 없이 사는 부도덕한 여자들을 허락할 수 없다고 소리치며 벽을 넘었다.

위이라 아줌마와 여자들은 빗자루나 잡을 수 있는 건 무엇이라도 들고 벽 위로 넘어오는 남자들을 때렸다. 슈아우지아는 챠르폴리에 누워 있었다. 그녀는 지팡이를 병원에 반납했기 때문에 아무것도 할 수 없었지만 공격하는 남자들을 향해 소리를 질렀다. 흰 이를 드러내며 짖어대는 제스퍼도 침략자들을 무섭게 해서 물리치는 데 도움을 주었다.

위이라 아줌마는 안전요원을 좀 더 고용하기로 했다. 아줌마는 내색은 하지 않지만, 슈아우지아는 아줌마가 임금 지급에 대한 걱정을 하고 있다는 것을 알고 있었다.

슈아우지아는 수놓는 일을 하는 여자들과 몇 주 동안 함께 보냈다. 그녀는 냅킨과 식탁보 가장자리를 감치면서 다리가 다 낫기를 기다렸다.

14
라벤더의 꿈

 간호사가 깁스를 절단기로 끊었다.

슈아우지아의 다리는 앙상하고 약해 보였다.

"한 번 일어서 봐."

간호사가 말했다.

슈아우지아는 조심스럽게 다리에 힘을 주었다. 약간 비틀거렸지만 괜찮았다. 제스퍼는 새롭게 탄생한 다리에 코를 킁킁거리더니 그곳을 부드럽게 핥았다.

"약간 부러졌었어. 운이 좋았지. 하지만 지금부터는 폭도들과 멀리 떨어져 있어야 해."

간호사가 말했다.

슈아우지아는 시험 삼아 몇 걸음 걸어보았다.

"오늘 오후에 구급상자가 준비돼요. 언제 떠날 건데요?"

간호사가 슈아우지아를 데리고 병원에 온 위이라 아줌마에게 말했다.

"오늘 밤이나 내일쯤이요. 어두워진 후에 떠나는 게 더 안전한지, 내일 낮까지 기다렸다 떠나는 게 더 안전한지 아직 결정을 못 했어요."

"둘 다 위험하죠."

간호사가 말했다.

"어디 가세요?"

슈아우지아가 물었다. 이제 정말로 그녀는 위이라 아줌마에게서 자유로워지는 걸까?

"위이라 여사님은 매우 용감한 분이야. 나는 내가 여사님에게 존경심을 갖고 대해 주길 바라. 여사님은 간호사를 몇 명 데리고 아프가니스탄으로 돌아가려고 해."

간호사가 말했다.

"돌아간다고요? 왜요?"

슈아우지아는 소리를 질렀다.

"우리 국민은 폭격을 당하고 있어. 수천 명이 탈출하려고 국경에 모여 있지만 그곳은 폐쇄됐어. 간호사가 절실히 필요해."

위이라 아줌마가 조용히 대답했다.

"국경이 폐쇄되었는데 어떻게 넘어가요?"

"몰래 들어갈 거야. 아마 산을 넘어야 할 거야."

"여자들끼리만? 성공하지 못할 거예요. 탈레반에게 체포될 거예요."

"기회를 잡아야만 해. 사람들은 우리가 필요해. 그들도 우리를 최대한 도울 거야. 그리고 미망인 수용소로 꼭 돌아올 거야. 아직 할 일이 많거든."

위이라 아줌마가 말했다.

수용소는 지난 일주일 동안 여러 가지 활동을 했지만, 슈아우지아는 거기에 크게 관심을 두지 않았다. 수를 놓는 사람들은 화려한 바느질 대신 붕대를 만들려고 옷감을 길게 잘랐고, 낡은 담요의 헤진 곳을 꿰매었다. 슈아우지아는 뭔가 이상한 점을 눈치챘지만 물어볼 만큼 관심이 있지는 않았다.

그날 저녁 슈아우지아는 자신이 잠을 자는 오두막에 기대앉았다. 그 오두막에는 지하 여성단체 사무실이 있었기에 여성들은 그곳을 쉴 새 없이 들락날락 했다. 하지만 그녀에게 관심을 갖는 사람은 아무도 없었다.

화르자나가 곁에 앉아 있었고, 제스퍼는 꼬리를 흔들며 화르자나의 무릎을 베고 있었다.

"위이라 아줌마가 없으면 엄청나게 조용하겠어."

화르자나가 말했다.

"아직은 밤에 아줌마 코고는 소리를 들을 수 있어. 아줌마가 저 세상 반대편에서 잠을 잔다 해도 여기까지 코고는 소리가 들릴 거야. 어쩌면 아줌마는 탈레반 병사들 고막을 터트려서 아프가니스탄의 통치자가 될지도 몰라."

"그럼, 아줌마가 나라 전체를 손아귀에 쥐고 흔들겠네. 하긴 아줌마는 그런 걸 좋아하니까."

화르자나는 낄낄 웃으며 말했다.

"너는 탈레반 법이 미쳤다고 생각하니? 하지만 위이라 아줌마가 훨씬 더 미쳤어. 아줌마는 사람들이 오후 내내 필드하키를 하도록 강요할 거야."

화르자나는 다시 한 번 웃었다.

"아줌마는 노인들도 게임을 하게 시킬 거야. 지팡이를 든 사람들에게도 말이야."

"아줌마는 미쳤어!"

슈아우지아는 지금 화가 나 있었다. 그녀는 마당에 돌을 던졌다. 엄밀히 말하면 가장 바쁘게 거들먹거리는 한 여자를 생각하면서 돌을 던졌다.

"아프가니스탄으로 돌아가다니 정말로 미쳤어. 보호해 줄 남자도 없이 말이야. 아줌마는 자기가 원하기만 하면 뭐든지 다 할 수 있다고 생각하나 봐. 아줌마는 미쳤어!"

"무슨 상관이야? 넌 바다로 갈 거잖아."

화르자나가 물었다.

"그래, 깁스도 풀었으니까. 이제 떠나기만 하면 돼."

슈아우지아가 말했다.

"날 데려가지 않을 거지?"

화르자나가 물었다.

슈아우지아는 대답하지 않았다.

"괜찮아. 위이라 아줌마가 말해줬어. 날 데려가지 않을 거라
고. 나도 이미 알고 있었어."

화르자나가 말했다.

슈아우지아는 무슨 말을 어떻게 해야 할지 몰랐다. 단지 제
스퍼의 부드러운 털만 쓰다듬을 뿐이다. 그녀는 지금 이 감정
이 싫었다.

"그런데 왜 여기 앉아 있어? 왜 안 떠나?"

화르자나가 물었다.

"갈 거야, 우선 휴식을 취하는 거야. 바다로 가는 길은 아주
멀거든."

슈아우지아가 말했다.

"쉬는 건 다른 곳에서도 할 수 있어. 난 지금 당장 네 주위에
있고 싶지 않아."

화르자나가 말했다.

"네가 오기 전부터 난 여기 있었어."

"계획한 대로 해야 하잖아? 난 여기에 머무르고, 넌 떠나고."

"알았어. 기꺼이 그러지 뭐."

슈아우지아는 벌떡 일어섰다.

"다른 사람도 너보다는 나은 친구일 걸. 이리 와, 제스퍼."

제스퍼는 슈아우지아를 보고 갈색 눈동자만 굴릴 뿐, 여전히 화르자나의 무릎을 베고 있었다.

"멍청한 개 같으니라고."

슈아우지아는 그들에게서 천천히 멀어져 갔다.

그녀는 조용한 수용소 벽에 기대앉을 곳을 찾았다. 그런 다음 주머니에서 프랑스 사진을 꺼냈다.

아마도 희뿌연 저녁 불빛 때문이었을지도 몰랐다. 아니면 그 것은 제스퍼가 화르자나를 선택한 것에 대한 분노였을지도 몰랐다. 그것이 무엇이든, 보라색 꽃들이 있는 들판은 그녀를 더 는 유혹하지 못했다. 사실 그 사진은 조금 무의미해 보였다.

슈아우지아는 주머니에 사진을 도로 집어넣고 벽에 기대었 다. 한동안 앉아서 생각에 잠겼다.

"떠난대! 위이라 아줌마가 떠난다고!"

그녀는 그 소리를 듣고 벌떡 일어섰다. 아줌마가 떠나는 것 을 봐야 했다. 위이라 아줌마가 정말로 갈 건지 확인해야 했다.

미망인 수용소에 있는 사람들은 모두 인사를 하려고 마당에 모였다. 슈아우지아는 머뭇거리며 그 광경을 지켜보았다. 자신도 이곳을 떠나고 싶기도 했고 또 머물러 있고 싶기도 했다.

위이라 아줌마가 그녀를 찾아내고 품에 안았다.

"넌 아주 소중한 아이야. 네가 바다로 가길 바랄게. 프랑스가 두 팔을 벌려 너를 맞아주길 바라. 널 얻는다는 건 행운이야."

위이라 아줌마가 부드럽게 말했다.

위이라 아줌마는 슈아우지아를 풀어주고 간호사들에게로 합류했다. 마지막으로 손을 흔들어 보이고 그들은 수용소를 떠났다.

사람들은 각자 집으로 흩어졌다. 슈아우지아와 화르자나, 제스퍼만이 입구에 서서 아줌마의 일행이 떠나는 모습을 끝까지 지켜보았다.

"남자와 함께 있으면 훨씬 더 안전할 거야."

슈아우지아가 말했다.

"아니면 남자 아이라도."

화르자나가 말했다.

다른 생각을 할 겨를도 없이 슈아우지아는 행동을 취했다. 오두막에서 가방과 숄을 가져왔다. 슈아우지아는 화르자나와 제스퍼가 있는 곳에서 잠시 멈추었다.

"제스퍼를 잘 돌봐줘."

슈아우지아가 말했다.

"만약 둘이 바다로 간다면 이걸로 파도에 제스퍼를 목욕시켜 줘."

그녀는 화르자나에게 탐과 바바라에게서 받은 꽃향기 나는 작은 비누를 주었다. 그리고 주머니에 손을 넣어 라벤더 들판 사진을 꺼내어 화르자나에게 주었다.

마지막으로 그녀는 몸을 구부려 제스퍼를 꽉 끌어안았다. 슈아우지아는 자신이 울고 있는 것도 신경 쓰지 않았다.

그리고 수용소를 떠나 위이라 아줌마와 간호사 일행 쪽으로 달려갔다.

친구 파르바나를 에펠탑 꼭대기에서 만나려면 아직 20년이나 남았다. 슈아우지아는 반드시 그곳에 갈 것이다. 그러나 지금은 우선 할 일이 있었다.

위이라 아줌마는 다리가 길다. 슈아우지아는 아줌마를 따라잡기 위해서는 힘껏 뛰어야 했다. 〈끝〉